작은 스승에게
배우는
지혜로움

아는 것을
　　알고 있다면

아는 것을 알고 있다면

초판인쇄	2018년 07월 20일
초판발행	2018년 07월 25일
지은이	변성우
발행인	조현수
펴낸곳	도서출판 프로방스
마케팅	최관호 최문섭
IT 마케팅	신성웅
편집교열	맹인남
디자인 디렉터	오종국 Design CREO
ADD	경기도 고양시 일산동구 백석2동 1301-2 넥스빌오피스텔 704호
전화	031-925-5366~7
팩스	031-925-5368
이메일	provence70@naver.com
등록번호	제2016-000126호
등록	2016년 06월 23일
ISBN	979-11-88204-43-4-03810

정가 15,000원

작은 스승에게
배우는
지혜로움

아는 것을
알고 있다면

변성우 지음

프로방스

"아는 것을 외면하며 사는 그 누군가에게"

우리는 알고 있음에도, 외면을 선택합니다.
아무리 어려운 순간이라 하더라도 이를 이겨내는 힘을 가지고 있음에도 모른 척
포기해버립니다. 아는 것을 알고 있다면 삶에 녹여내야 합니다.

"신은 어른의 부족함과 어리석음을 깨우쳐주기 위해 자녀를 낳
게 했다."

두 아들이 세상에 태어나고 지금에 와서야 이 말의 참 된 의미
를 깨닫습니다. 특히 말을 배우고 더 넓은 세상을 향해 나아가는
그들의 유연함과 깨달음은 따라 갈 수가 없네요.
외국인과 말하는데 필요한 영어는 이미 중학교 교과서에서 대
부분 배웠다는 말이 있듯이, 세상을 바르고 지혜롭게 살아가는
방법은 아이 시절에 이미 배웁니다.

그들에게는 꾸밈이 없습니다. 있는 그대로 보고 들으며 느껴지

는 대로 느낍니다. 방금 내린 하얀 눈처럼 순수함으로 무장하여 어떠한 거짓도 없습니다. 때론 그들에게 어른들의 말과 행동은 이해 할 수 없는 세상으로 다가오기도 합니다. 어른들의 잘못된 가르침으로 인해 자라날수록 이러한 세상에 물들어가지만, 그들의 지금은 온 몸을 활짝 열어 세상을 받아들이는 꽃 봉우리와 같습니다.

   그들의 위대한 여정은 세상을 향한 힘찬 울음과 함께 시작됩니다. 울음을 통해 세상에 존재함을 알리고 함께 여정을 떠날 사람들과 인사를 나눕니다. 아이의 환한 웃음은 피곤의 늪에 빠져 헤어나지 못한 몸 안의 세포들이 다시 살아 움직이게 합니다. 위대한 여정을 통해 만나는 수많은 사람들의 삶에 그들의 삶은 곧 행복의 씨앗으로 뿌려집니다.

   그들에게는 강력한 힘이 있습니다. "나로부터 시작된 지혜로움이 너에게로 따스하게 스며들어 다르게 다르게 세상을 바라보며 꿈으로 다가가는 힘"이 있습니다. 이로 인해 어른들은 잠시 잊고 있었던 꿈을 다시 기억해내고 웃음을 되찾아옵니다. 그들에 의해 집안에는 웃음꽃이 활짝 피고 행복의 찐한 향기는 멀리멀리 퍼져 나갑니다.

까르르 웃기도 하고, 때론 아픔으로 인해 어른들의 가슴을 졸이게도 하지만 언제 어느 순간이나 그들은 어른들을 한층 성장시켜 줍니다. 그들이 넘어지고 일어서며 걸음마를 배우고 뛰는 모습을 보며 어른들은 진정한 성장의 과정을 배워갑니다. 보이고 느끼는 그대로를 표현하는 그들에게서 꾸밈없는 삶을 알아갑니다. 그들의 미소에 의해 주위가 환하게 밝아짐을 느끼고 미소의 마법에 빠져듭니다. 또래에게 다가가고, 다가오는 친구들과 서슴없이 어울리는 모습을 보며 상대방과 진심으로 어울리는 지혜를 익힙니다.

언제 어디서나 놀이터로 삼아 맘껏 신나하는 그들에게서 행복을 진정으로 만들어가는 지혜로움을 배웁니다. 새로움에 반응하는 그들의 표정에서 배움의 즐거움을 깨닫습니다. 주위에 일어나는 모든 현상들을 신비함으로 받아들이며 거부보다는 흡수에 익숙한 아이들을 바라보며 배움의 자세를 익힙니다.
저의 생각과 행동을 닮아가는 아이들을 바라보며 제 자신을 되돌아봅니다. 그들의 행동이 결코 제가 몰랐던 것이 아니었음을 어렴풋이 기억합니다. 그들의 행동과 표정이 그리 어색하게 느껴지지 않습니다. 하지만 지금의 제 생각과 행동은 그들의 것과는 거리가 있음을 인정합니다. 가만히 생각을 더듬어보면 저 또한 그들과 비슷한 표정과 행동으로 가득 채워진 하루가 있었음이 떠오릅니다. 짧지만 강렬하게 떠오르는 추억에 흐뭇하지만 씁쓸한 미소가 저 자신도 모르게 지어집니다. 지금의 저 자신도 저이지만 당시의 저도 저였음을 인정합니다.

생명체는 세상에 존재를 드러낼 때 이미 바르고 현명하게 살아가는 지혜로움의 씨앗을 가지고 태어납니다. 아이가 되어가면서 풋풋하게 자라난 이 지혜로움은 어른이 되어가는 과정에서 비난과 시련으로 인해 틀어지고 부서집니다. 어른으로 성장해가며, 이미 부여된 지혜로움을 서서히 잊어버린 채 삶의 마지막 순간을 맞이합니다. 자신에게 이미 주어진 지혜로움을 사용하지 못한 것에 대한 후회만 남깁니다.

알고 있지만 잊어버렸고 외면했던 것들이 있습니다. 진정으로 원하는 삶을 향해 나아가는 방법을 이미 알고 있음에도, 외면을 선택합니다. 아무리 어려운 순간이라 하더라도 이를 이겨내는 힘을 가지고 있음에도 모른 척 포기해버립니다. 아는 것을 알고 있다면 삶에 녹여내야 합니다. 알면서 모른 채하는 태도는 자신의 삶을 절대로 성장시킬 수 없습니다. 새로움이 아닌, 아이 때 알고 행동했던 그대로의 지혜를 다시 가져 와 행동으로 빚어낼 수만 있다면 변화의 꽃이 삶에 피어날 것입니다.

그들의 여정을 통해 성장의 묘목이 거대함을 이루는 방법을 다시 알게 되고, 서로를 행복하게 해주는 빛줄기의 시작점을 보게 됩니다. 자신의 삶을 성장시키고 함께 하는 누군가의 인생에 소중한 자양분이 되어 주는 힘의 비밀을 우리는 이미 알고 있습니다. 단지 모르고 외면함을 외면하기만 한다면... 아는 것을 알고 있다고 인정하고 지금 자신의 삶에 녹여내기만 한다면 원하는 꿈으로 가득 채워진 삶을 쌓아갈 수 있으리라 확신합니다.

이 책이 작게나마, 아는 것을 철저히 외면하고 알지 못한 척 삶을 꾸려나가고 있는 누군가에게 달콤한 열매를 맺을 수 있는 알찬 씨앗이 되었으면 합니다.

작은 스승에게 잊혀진 지혜를 배우며
변 성 우

Contents | 차례

66

읽고 싶은 책을 바로 읽고,
먹고 싶은 음식은 아껴 놓지 말고 바로 먹고,
놀고 싶은 놀이는
바로 하겠다는 다짐을 하며
냉장고의 역할을 하는
그 무엇인가를 찾아보기 시작합니다.

99

CHAPTER

01

나로부터

1장

읽고 싶은 책을 바로 읽고,
먹고 싶은 음식은 아껴 놓지 말고 바로 먹고,
놀고 싶은 놀이는 바로 하겠다는
다짐을 하며 냉장고의 역할을 하는 그 무엇인가를
찾아보기 시작합니다.

《손으로 생각하다》

준   아~ 뭐였더라...분명히 알았는데, 왜 기억이 나지 않는 거지? 아이 답답해.

빈   준아~ 왜? 뭐가 그리 답답한 거야? 너 얼굴 표정이 좋지 않아 보여.

방금 전에 생각났던 그 무엇인가가 준이의 머리에 선뜻 떠오르지 않습니다. 기억이 날 듯 말듯하니 준이는 더 답답해합니다. 이것을 떠올리지 않고는 다른 것은 엄두도 못 낼 것 같은 불안감이 다가옵니다. 지금 준이에게 가장 필요한 것은 그 무엇인가를 기억해내는 일입니다.

준 방금 전에 내 머릿속에 정말 멋진 그림이 떠올랐었거든. 그
때는 다른 장난감 가지고 놀고 있어서 '이따가 생각하자' 하
고 그냥 놔두었는데...지금 생각하려고 하니 왜 이렇게 안 떠
오르는 거지?

빈 그때 떠올랐던 그림 어디에 그려놓은 것은 아니고?

준 응. 그려 놓지는 않았어. 내 머릿속에 떠올랐으면 분명히 내
머릿속 안에 있어야 하는데. 어디 달아나지는 않았을 텐데 왜
이렇게 안 떠오르는 거야?

빈 내가 한번 찾아볼까? 니 머릿속에 떠올랐던 그 그림이 다른
곳에 숨어 있을 수도 있잖아.

준 아니야. 내 머릿속 밖을 빠져 나가는 것을 못 봤는걸. 분명히
숨어 있어도 내 머릿속에 숨어 있을 거야? 어떻게 찾아내지?
지금까지 아무리 찾아봐도 못 찾았는데.

빈 나 그거 찾아내는 방법 알아. 나도 너처럼 떠올랐던 생각이
기억나지 않아 답답해 했던 적 많았거든. 아무리 찾아 헤매어

도 결국은 못 찾은 생각들도 많지만, 기억해 낸 생각들도 많아. 찾고 못 찾고를 반복하면서 내가 알아낸 방법이 있거든. 숨어있던 생각을 찾아내는 좋은 방법을 너에게만 알려줄게.

준 정말? 형아가 숨어있는 생각들을 찾아내는 방법을 안단 말이지? 나도 가르쳐 주라. 그 때 떠올랐던 멋진 그림을 찾지 않고서는 아무것도 못하겠단 말이야.

빈 그전에 우선 그림이나 생각이 숨지 못하게 하는 방법부터 가르쳐 줄게. 숨지 않는다면 언제든지 기억할 수 있거든. 지금처럼 이렇게 답답해하면서 찾을 필요도 없고.

준 맞아. 조금 전 그림 생각났을 때 숨지 못하도록 했어야 했는데. 그러면 이렇게 찾는다고 고생할 필요도 없고, 짜증나지도 않았을 텐데. 숨지 못하게 하는 방법부터 알려주라. 상자에 넣어둬야 하나? 묶어놔야 하나? 아니면, 음... 주머니에 넣어 놓을까?

빈 머릿속에 떠올랐던 것을 어떻게 상자에 넣어두고 묶어 놓냐? 상자 안에 주머니가 있어? 아마 그렇게 해 놓으면 상자랑 주머니도 잊어버릴 거야.

준 그럼 어떻게 하란 말이야? 빨리 가르쳐주라.

빈 지금부터 귀 크게 열고 내 말 잘 들어. 머릿속에 떠올랐던 생각이나 그림들이 잠시 뒤에 다른 곳에 숨지 못하도록 하는 유일한 방법은 종이에 담아놓는 거야. 종이에 담아놓으면 생각이 달아나지 못해. 종이를 보고 언제든지 기억해 낼 수 있지.

준 뭐야? 어떻게 생각들을 종이에 담아? 머릿속에 있어서 주머니에도 못 넣는다고 해 놓구선.

빈 머릿속에 있는 생각을 그냥은 못 꺼내지. 대신 머리에서 어깨와 팔을 거쳐 손을 통해 꺼낼 수는 있지. 이렇게 손에 도달한 생각을 종이에 담으면 완성.

준 머리에서 어깨, 그리고 팔을 거쳐 손을 통해 종이까지. 우와! 그렇게 꺼내서 그리면 되는 거네. 다른 곳에 숨기 전에 그렇게 종이 위에 담아 놓으면 잊어버릴 리는 없겠다.

빈 사실 우리 머릿속에 들어있는 생각이나 그림들은 손을 통해 종이까지 연결하면 마구 흘러나와서 종이 위에 멋지게 펼쳐지지. 생각이나 그림들은 종이를 좋아한다구.

준 와~ 형아 말대로라면 머릿속에 생각나는 모든 것들을 종이에 담아 놓으면 되겠네. 손에 연필을 들고 종이에 닿기만 하면 생각들이 종이 위로 마구 흘러나오니까 나중에 찾을 필요도 없고.

빈 그럼. 나는 이 비밀을 안 다음부터는 머릿속에 좋은 생각이나 멋진 그림이 떠오르면 종이부터 찾아서 그 위에 생각들을 펼쳐 놔. 멋진 그림들을 그려놓기도 하고. 이렇게 하니까 내가 원할 때는 언제 어디서든지 다시 찾을 수 있었어. 한마디로 절대로 숨을 수 없지. 거기에는 숨을 곳이 없거든.

준 형아~! 형아가 알아낸 비밀 정말 대단한데 난 그 때 그렇게 못해서 지금 숨은 그림을 찾아야 한단 말이야. 혹시 숨은 그림을 찾아내는 방법도 알아낸 거야?

빈 당연하지. 내가 처음에 너에게 숨어 있는 그림 찾아내는 방법 알려준다고 했잖아.

준 그럼 빨리 알려주라. 난 그 그림 빨리 찾아서 어떤 그림이었
는지 다시 보고 싶단 말이야.

빈 내가 방금 가르쳐 줬잖아. 그 비밀...

준 뭘 가르쳐 줬다는 거야? 형아가 말해준 것은 처음에 생각나
는 그림들을 숨지 못하도록 종이 위에 담아놓는 방법이잖아.
나는 이미 숨어버린 그림을 찾는 방법을 알려달라는 거라구.
장난하지 말고 어서 알려주라. 나 기억이 안 나서 답답하단
말이야.

빈 내가 이미 가르쳐 줬대 두. 내가 뭐랬니? 우리 머릿속에 들어
있는 생각이나 그림들은 손을 통해 종이까지 연결하면 마구
흘러나와서 종이 위에 멋지게 펼쳐진다고 했잖아. 머릿속에
머물러 있던 생각이나 그림들은 종이를 좋아한다고 했었고.
여기서 뭐 떠오르는 것 없어?

준 떠오르는 것? 내가 생각했던 그림들? 아직 안 떠오르는데.

빈   으이구~! 하얀 종이랑 연필 가져 와봐.

준   하얀 종이랑 연필?

준이는 형아가 시키는대로 자기 방으로 얼른 뛰어가서 하얀 스케치북과 연필 한 자루를 가지고 옵니다. 형아에게 얼른 내어주고 형아가 무엇을 할지가 궁금하여 맑은 두 눈망울을 또릿또릿 굴리며 집중합니다.

빈   자~! 손으로 연필을 잡고 하얀 종이 위에 갖다대봐.

준   어? 연필 잡고 하얀 종이위에 갖다 대라구?

빈   그래, 일단 내가 말하는 대로 해보는 거다.

준   알았어. 이렇게 하면 돼?

빈   그래. 그렇게 손으로 연필을 잡고 하얀 종이 위에 니가 조금 전에 생각났던 그림을 그려봐.

준 생각 안 난다구 했잖아. 내 머릿속 어딘가에 숨어있는 그림을 찾아야 한다구.

빈 지금처럼 손으로 연필을 잡고 하얀 종이위에 갖다 대면 니 머릿속 어딘가에 숨어 있던 그 그림이 너의 어깨를 거쳐 팔을 타고 손을 통해 하얀 종이 위에 나올 거야. 그냥 생각 나는 대로 그려보면 돼.

준 이렇게? 어~ 이상하다. 정말 이상해. 지금 내 손이 조금 전에 내 머릿속에 떠올랐던 그림을 그리고 있는 것 같아. 손이 어떻게 알았지? 내가 이 그림을 떠 올렸다는 것을. 분명히 머릿속 어딘가에 숨어 있었을텐데.

빈 내가 얘기했지. 머릿속에 떠올랐던 생각이나 그림은 하얀 종이를 좋아 한다구. 어깨와 팔, 그리고 손과 연필을 통해 하얀 종이까지만 연결해주면 자연스럽게 흘러나오게 되어 있어.

준 정말이네. 형아 말이 맞았어. 떠오르지 않았던 기억들도 이렇게 하얀 종이와 연결해서 그리기 시작하니까 그 기억들이 하얀 종이위에 펼쳐지네. 와~! 정말 신기하다.

빈 머리로만 생각하면 그 생각들은 조금만 지나면 금방 숨어버려. 다른데 관심을 두니까 삐져서 숨어버리는 거지. 근데 하얀 종이를 펼치고 손으로 생각하면 영원히 남아 있어. 생각들은 하얀 종이를 너무나 좋아해서 그곳에 머물러 있지.

준 그렇구나. 떠올랐던 생각들을 절대로 숨지 못하게 하는 방법이네. 이제부터는 연필과 하얀 종이를 항상 가지고 다녀야겠다. 머릿속에 떠오르는 좋은 생각이나 멋진 그림은 바로 하얀 종이위에 꺼내어 놓아야지. 그래야 찾지 못하는 곳에 숨지 않을 것 같아.

빈 오~ 우리 동생 준이 제대로 아네. 하나를 가르쳐 주면 바로 행동에 옮기네.

준 당연하지. 이런 것은 바로 바로 행동해야 형아가 가르쳐 준 비밀들이 숨지 않지. 형아가 가르쳐 준 비밀부터 달아나지 않게 하얀 종이 위에 담아놓아야겠다.

갑자기 떠오른 생각들이 달아나지 않게 담아놓는 방법을 형아에게서 배운 준이는 흐뭇한 표정을 지으며 잠자리에 듭니다. 이전에는 생각을 내버려두고 잊어버린 채, 숨은 생각을 어떻게 찾아내야 할지 혼란스러웠지만, 이제는 그 생각을 잊어버리지 않는 방법도 알게 되었네요. 거기다 덤으로 혹여 잊어버린 생각도 다시 찾아내는 방법을 깨닫게 되었습니다. 손으로 생각하면 된다는 비밀이 준이의 삶에 담겨집니다.

《그냥 오래 놔두면》

준   형아~! 어제 엄마가 냉장고에 있는 음식들 막 버리던데. 왜
     버리는 거야?

빈   냉장고 음식들을 막 버린다고? 왜 그러지? 엄마가 화가 나서
     그런 건가?

준   아니, 화난 얼굴은 아니었어. 콧노래를 부르면서 냉장고 안에
     있던 음식 버리던데. 혹시나 화가 나서 그런지 몰라 엄마 얼
     굴 살짝 봤거든. 화가 나 보이지는 않았어.

빈   화가 난 것이 아니면 무슨 일이지? 혹시 엄마가 무슨 음식을

버리는지 봤어?

준 응 봤어. 혹시나 내가 좋아하는 음식들 버릴까봐 엄마 뒤에서 유심히 봤거든. 반찬 통 안에 들어있는 음식들도 버렸고 내가 좋아하는 우유도 버렸어. 우유 버릴 때 내가 왜 버리냐고 엄마한테 말했었거든.

빈 그렇게 말하니까 엄마가 뭐래? 니가 좋아하는 우유 버리지 말라고 하니까 엄마가 너한테 뭐라고 말했어?

준 엄마가 나한테? 뭐랬더라...아 기억난다. 이 우유 못 먹는 거라고 얘기했어. 먹으면 배가 아프다고...내가 보기에는 아무런 문제도 없어보였는데.

빈 먹으면 배가 아프다고? 아~ 이제야 알겠다. 음식이 상했던 거구나. 상한 음식을 먹으면 배가 아프거든.

준 상한 음식? 냉장고에 넣어두었던 음식이 상했다구? 왜?

빈 너 음식을 냉장고에 넣어두는 이유가 뭔지 아니?

준 시원해지라고 냉장고에 넣어두는 것 아닌가? 저번에 보니까 냉장고에서 꺼낸 물이 엄청 시원하더라구. 반찬도 냉장고에 넣어두었다가 먹으니까 시원하게 느껴졌었고.

빈 시원하게 하려고 냉장고에 넣어두는 것도 맞는 말이야. 근데 그것보다 더 큰 이유는 음식이 상하게 하지 않기 위해 냉장고에 넣어두는 거야.

준 음식이 상하지 않게 하려고 냉장고에 넣어 두는 거라구? 근데 왜 엄마는 냉장고에 넣어둔 음식들을 상했다고 버리는 거지? 형아 말대로라면 냉장고에 넣어두면 상하지 않는 거잖아.

빈 그렇지. 원래 냉장고에 넣어두면 왠만한 음식은 상하지 않아야 하는데, 왜 상하지? 좀 이상하긴 하다.

준 냉장고에만 넣어 둔다면 계속 놔두어도 안 상하는 거야?

빈 그건 아닌 건 같은데. 유치원에서 배웠는데 모든 음식에는 유통기한이라는 것이 있는데. 먹을 수 있는 기간이 정해져 있다는 의미지. 냉장고에 넣어두더라도 유통기한이 지난 음식은 먹으면 안 된다고 배웠어.

준 아~ 냉장고에 있다고 무조건 상하지 않는 것은 아니구나. 유통기한이 지나면 상할 수도 있는 거네. 내가 알기로는 냉장고에 오래 놔두었던 음식들이 엄청 많던데, 모두 상하지나 않았나 모르겠네.

빈 엄마도 오래전에 음식 넣어두고 잊어버리고 있었을 수도 있겠다. 아마 이번에 상했다고 버린 음식들도 언제 넣어두었는지 몰랐을 거야. 알았으면 상하기 전에 먹었을 텐데.

준 그렇겠다. 알았으면 저렇게 버릴 때까지 놔두지는 않았을 거야. 그냥 버리는 음식이 너무 아까워.

빈 먹어보지도 못하고 버리면 얼마나 아까운데. 낭비이기도 하구. 그냥 오래 놔두면 뭐든지 상하는 것 같아. 냉장고 안이 그렇게 크지는 않지만 안쪽에 놔두면 잘 보이지 않아 오래 놔두는 경우도 있는 것 같아. 아마 엄마도 안에 있는 음식들을 잘 못보고 오래 놔두다 보니까 상했을 때까지 몰랐을 거야.

준 진작에 먹고 새것으로 넣어두었으면 안 상했을 텐데...버리는 음식들 아까워서 어떻게 해. 특히 내가 좋아하는 우유 너무 아깝다. 일찍 먹을 걸 그랬어. 나는 아껴서 먹는다고 오래 놔둔 건데.

빈 빨리 먹어야 엄마가 새 것으로 사주지. 계속 놔두면 엄마가 절대로 새 것 안 사줘. 많이 먹고 싶으면 오래 놔두지 말고 빨리 먹는 게 좋아. 나도 예전에 사탕을 주면 한 개는 그 자리에서 먹고 나머지는 오래 오래 아껴 먹으려고 숨겨놨었거든. 근데 어떻게 되었는 줄 알아?

준 어떻게 되었어? 숨겨놨던 것 오래오래 맛있게 먹은 거야? 아님 숨겨놨던 사탕들 엄마한테 들켜서 빼앗긴 거야?

빈 빼앗기지는 않았지. 아무도 찾을 수 없는 곳에 숨겨놨거든.

준 어디에 숨겨놨어? 이불 속? 서랍 안? 장난감 바구니 안?

빈 아니, 냉장고 깊숙한 곳에 숨겨 놨었지. 사탕도 시원하게 먹으면 맛있을 것 같았고, 혹시나 사탕도 상하지 않을까 걱정되어서.

준 그래서 나중에 시원한 사탕 맛있게 먹은 거야?

빈 그랬다면 좋았을텐데...결국 그 사탕 못 먹었어. 아니 거기에
숨겨놓은 것 조차도 잊어버리고 있었어. 엄마도, 나도, 아무
도 그 사탕을 못 찾았어.

준 으아~! 그 맛있는 사탕들을 아무도 못 찾았어? 그럼 언제 알
게 되었어? 그 사탕이 거기에 숨겨져 있었다는 것을.

빈 냉장고 대청소할 때 발견했지. 모양은 부스러져 있었고...색
깔도 이상하게 변해있었어. 내가 처음에 봤던 색깔이 아니었
어. 결국 하나도 제대로 먹어보지 못하고 모두 버리게 되었
지.

준 냉장고가 그런 곳이구나. 한 번 들어가서 오래 놔두면 상하든
부서지든...모두 못 먹게 되는 거네.

빈 가만히 생각해보니까 냉장고보다는 작지만 장난감도 바구니

에 오래 놔두니까 부서지고 색깔도 이상하게 변하더라구. 뭐든 오래 놔두면 사용할 수 없게 되나봐.

준 혹시 오래 놔둔 것 없는지 찾아봐야겠어. 나도 모르게 오래 놔둔 것이 있을 것 같기도 하거든. 지금은 잘 기억이 나지 않지만 나중에 사용 못하게 되었을 때 발견되면 버려야 하잖아. 마치 엄마가 냉장고에 오래 놔두었다가 상해서 버렸던 음식들처럼.

빈 '그냥 오래 놔두면 버린다.' 냉장고 안에 오래 놔둔 음식도 버리고, 장난감 바구니 깊숙한 곳에 오래 놔 둔 장난감도 가지고 놀 수 없게 망가지고, 옷장 속에 오래 놔둔 옷들도 결국은 못 입게 되어 버리고.

준 이제 알겠어. '뭐든지 그냥 오래 놔두면 버리게 된다.' 이제 오래 놔두지 않을 거야. 냉장고에 넣어 둔 우유도 바로 먹고, 오래되어 보이는 장난감들도 그냥 놔두지 않고 동생들한테 줘야겠어. 엄마가 하라고 하는 것도 오래 놔두지 않고 바로 해야겠어. 하고 싶은 놀이도 바로 하고...오래 놔두면 아무것도 못 할 수도 있는 거니까.

빈 나도 가만히 생각 좀 해봐야겠다. 냉장고에 먹고 싶은 음식 오래 놔두지 않았는지, 내가 하고 싶은 것 미루고 있는 것은 아닌지, 해야 하는 일 나중에 하겠다고 그냥 놔두고 있는 것은 아닌지... 이러한 모든 것이 상해버리면 아무것도 할 수도 없고 얻을 수도 없겠지.

뭐든지 그냥 놔두면 음식은 상해가고, 장난감은 부서지고, 옷은 입지 못하게 되고... 이러한 상황들을 지켜보면서 두 형제는 이제는 그냥 오래 놔두지 않겠다고 다짐을 합니다. 그 동안 자신도 알게 모르게 그냥 오래 놔둠으로써 먹지 못하고 하지 못한 것들이 많았다는 사실을 아쉬워합니다. 읽고 싶은 책을 바로 읽고, 먹고 싶은 음식은 아껴 놓지 말고 바로 먹고, 놀고 싶은 놀이는 바로 하겠다는 다짐을 하며 냉장고의 역할을 하는 그 무엇인가를 찾아보기 시작합니다.

《비워야 채워진다》

준 형아~ 근데 나 질문하나 있는데. 해도 돼?

빈 그럼. 내가 뭐든 알려줄게. 난 다 알거든. 니가 모르는 것 모두.

준 집안에 있는 초록이들이 왜 색깔이 모두 바뀌었어? 형아가 물감으로 칠한거야? 산에 있는 초록이들도 모두 색깔이 갑자기 바뀌어서. 약속이라도 한 듯 한꺼번에 동시에 바뀌니까 좀 이상해. 갑자기 이러니까 왜 그런가 궁금하기도 하고. 화라도 난 건가? 초록색에서 빨갛게 달아오르는 것이 형아가 화나면 얼굴이 빨갛게 바뀌는 것과 같더라구.

빈 뭐야? 내가 언제? 하여튼 초록이들이 색깔이 바뀌는 것은 잘 봤네. 너 평소에 초록이들에게 물도 잘 주고 하더니 관심이 많아졌어. 초록이들이 이렇게 갑자기 색깔이 바뀌는 그 이유 내가 알려줄게. 잘 들어. 귀 쫑긋 세우고.

준이는 초록이들을 좋아합니다. 초록이들을 좋아하는 아빠의 영향을 받아서인지는 모르겠지만, 집안에 있는 초록이들에게 물은 꼭 자기가 줘야 한다고 하네요. 이런 준이의 눈에 초록색깔의 옷을 벗어던져버리고 빨갛고 노란 옷으로 갈아입은 초록이들이 궁금하기만 합니다. 마치 화가 날 때 우리들의 얼굴이 빨갛게 되거나 노랗게 되는 것처럼 초록이들도 모두 화가 났는지 걱정스럽기까지 합니다.

준 왜? 왜 색깔이 바뀌었는데? 빨리 알려줘야 내가 화난 초록이들을 보살펴줄 수 있을 것 아니야.

빈 동생아~! 초록이들이 화가 나서 색깔이 바뀐 것은 아니란다. 그러니까 걱정하지 말고 잘 들어. 내가 얼마 전에 자연에 관한 책을 봤었는데 거기 그 이유가 나오더라구. 초록이들은 가을이 되면 옷을 갈아입는데. 날씨도 추워지고 하니까 원래 입던 얇은 옷을 던져버리고 두꺼운 옷으로 갈아 입는거지.

준 아~ 맞네. 우리가 추운 날씨에 밖으로 나갈 때 두꺼운 옷으로 갈아입고 나가는 것과 똑같네. 왜 이 생각을 못했을까?

빈 근데 준아~! 초록이들은 두꺼운 옷을 입는 것이 아니고 오히려 옷을 벗는거래. 입기만 하면 저렇게 예쁘게 변할 수가 없다고 하더라구.

준 그게 무슨 말이야? 초록색이었을 때보다 날씨는 더 추워졌는데 옷은 왜 벗어? 더 입어야하는 거 아니야? 초록이들도 추울텐데.

빈 너, 한꺼번에 옷 몇 개까지 입어봤어?

준 나? 음... 가만 생각 좀 해 볼게. 런닝 셔츠 하나랑, 그 위에 또 하나, 추운 날은 털달린 잠바도 입고 목도리도 두르고...4~5개 정도는 되는 것 같은데. 그건 왜?

빈 옷 10개 정도 입으라고 하면 입을 수 있어?

준 10개? 그렇게나 많이 어떻게 입어? 5개만 입어도 마음대로 못 움직이겠던데. 10개를 입는 것은 말도 안 돼. 더군다나 옷 많이 입고 오줌 마려우면 어떻게 하라고...

빈 그렇지? 너무 많이 입으면 아무것도 할 수 없어. 움직일 수도 없을걸. 오줌 누려고 옷을 내리거나 다른 옷으로 갈아입으려면 입고 있던 옷들을 하나씩 벗어야 해. 그래야 또 다른 옷들을 입을 수 있지.

준 근데 그게 왜? 그게 초록이들이 옷을 갈아입는 거랑 무슨 상관이 있어?

빈 상관이 있지. 가을이 되어서 여름보다 날씨가 추워지면 초록이들은 초록색의 옷을 벗어던져버려. 초록색을 만드는 것이 엽록소라고 그러는 건데 엽록소라는 옷을 벗는 거야. 이때 비로소 빨간 옷을 입을 수도 있고 노란 옷을 입을 수도 있는 거야. 만약에 초록이들이 초록색 옷을 계속 입고자 한다면 저렇게 예쁜 색깔의 옷을 입을 수는 없는 거지.

준 내가 10개 옷을 입지 못하는 것처럼? 다른 옷을 입으려면 원래 입던 옷을 벗어버려야 하는 거야? 나 이제야 알겠다. 그래서 초록색 옷이 없어졌구나. 초록색 옷을 입고는 빨간색이나 노란색 옷을 한꺼번에 입지 못하니까. 너무 힘들어서.

빈　그럼. 이제야 알겠어? 물 컵에 물이 가득 차 있으면 물을 더 넣을 수 있어? 없어?

준　당연히 없지. 더 들어가지도 않고 넘쳐버릴 거야.

빈　더러운 물이 있는 컵을 깨끗한 물로 채우려면 어떻게 해야 하지?

준　형아~! 그 정도는 나도 알거든. 원래 있던 더러운 물 버리고 깨끗한 물로 채워 넣으면 되잖아. 나도 알아.

빈　이야~ 대단한데, 내 동생. 맞아, 니 말대로 깨끗한 물로 채우려면 기존에 채워져 있던 더러운 물을 버려야 해. 더러운 물이 아깝다고 버리지 않아 컵을 비우지 않으면 깨끗한 물로 채워 넣을 수 없지. 비우지도 않고 넣어버리면 넘쳐버려서 주위가 훨씬 더러워질걸. 비워야 채워진다는 거지.

준 비워야 채워진다? 뭔가 이상한데. 어떻게 비워야 채워지지? 비우면 비워지는 것 아닌가?

빈 그래 너 말도 맞아. 비우면 비워진다. 하지만 비워져야 다시 채워 넣을 수 있는 거야. 컵 안의 물을 비워야 채워 넣을 수 있듯이.

준 아~ 헷갈린다. 형아 말 들으니까 '비워야 채워진다' 라는 말도 맞는 것 같고 가만히 생각해보니까 '비우면 비워진다' 라는 말도 맞는 것 같고.

빈 둘 다 맞다니까. 고민하지마. 비우면 비워지고, 그래야 채울 수 있고. 봐! 둘 다 맞잖아. 머리 아프게 왜 고민을 하려고 해. 뭐든지 간단히 생각하란 말이야. 어른들이 복잡하게 생각하니까 힘들어 하는 거야. 절대로 복잡하게 생각하지 말길.

준 머리가 복잡해지니까 너무 힘들다. 형아~! 머리를 비워야겠다. 그러면 다시 채워진다는 말이지?

빈 응~ 이제야 알겠니? 머리가 복잡한데 더 많이 생각하려는 것 자체가 비우지는 않고 계속 채워 넣으려고 하는 거야. 결국 머리는 더 복잡해지고 힘들어 지게 되지. 복잡하면 비우면 될 것을. 어른들은 왜 그렇게 계속 채우려고만 하는지. 비우지도 않고 채우려고만 하니까 더 복잡해지지.

준 어제도 엄마는 쓰레기 통이 넘치는데 계속 쓰레기를 넣더 라구. 그러니까 쓰레기통은 더 넘치고 주위는 엄청 더러워졌어. 쓰레기를 통에 넣었는데 주위는 더 더러워지다니. 엄마한테 형아가 말해줘야겠어. 비워야 채울 수 있다고.

빈 그럴까? 엄마도 분명히 알고 있을 텐데 잘 안 되나봐. 내가 보니까 가끔 채우기 위해서 비우기는 하더라구. 더 깨끗해지 던걸. 그런데 너가 봤을 때는 왜 그랬을까?

준 연습이 안 되었나? 뭐든지 연습을 많이 해야 잘 한다고 아빠 가 말했거든. 복잡할 때 비우는 것도 연습이 필요하겠지? 그 래야 복잡할 때 잘 비우고 새로운 것으로 잘 채워 넣을 수도 있을 테고.

빈 오~ 우리 준이, 연습도 알아? 대단한데. 맞아, 니가 말한 대로 뭐든지 연습을 많이 해야 잘 할 수 있어. 아무리 알고 있어도 연습을 하지 않으면 잘 못하거든. 복잡하면 비우고 채우고, 또 복잡하면 또 비우고 또 채우고...

준 형아~! 우리는 비우고 채우는 연습 많이 하자. 언제든지 원할 때 비우고 채울 수 있도록 연습을 많이 해 놓아야겠어. 엄마한테도 가르쳐줘야겠다. 비우고 채우는 연습 많이 하라고. 형아~! 오늘도 고마워.

복잡함을 비우지 않고 채우기만 하려다가 오히려 더욱 복잡하게 살아가는 어른들의 모습이 빈이와 준이 형제의 눈에는 의아함으로 다가옵니다. 물통에 새롭고 깨끗한 물을 채우는 방법은 더러운 물을 먼저 버리는 것만이 유일하다는 지혜를 하나씩 깨달아가네요. 이 후 두 형제는 채우기보다는 비우기부터 합니다. 비우고 또 비우니 채울 수 있는 공간이 훨씬 넓어진다는 사실을 깨닫고 난 이후부터는.

04

《사.랑.행.》

여행 첫날의 설레이는 마음을 주체하지 못해 가장 늦게 잤던 준이는 가장 늦게 일어납니다. 그래도 기분만은 정말 좋습니다. 어제 형아랑 나눴던 대화를 통해 오늘 공차기 놀이는 꼭 이길 것 같은 좋은 기분과 함께 여행의 새로운 하루를 시작합니다. 준이가 일어나자마자 어김없이 엄마와 아빠, 그리고 빈이 형아는 준이를 안아주며 "굿모닝! 사.랑.행.!"으로 아침 인사를 대신합니다.

준 어~! 이상하다. 왜 "굿모닝! 사.랑.행.!"이지? 집에서는 "굿모닝! 사랑해!"였던 것으로 기억하는데. 여행 와서 그런가?

빈 오 너 아는구나? "사랑해"가 아니라 "사.랑.행."이라고 말한 것. 근데 너 "사랑해"가 무슨 뜻인 줄 알아? 왜 사랑해라고 말할까?

준 사랑해? 음... 사랑해서? 사랑해서 "사랑해"라고 말하는 거 아닌가? 아니면, 사랑하라고 "사랑해"라고 말하는 건가?

빈 사랑해서든, 사랑하라고 그러든 사랑하면 뭐가 좋은 지 알아?

준 그건...확실히는 잘 모르겠어. 아무도 말해주는 사람이 없었거든. 왜 사랑해야하는지.

빈 사실 나도 예전에는 엄마와 아빠가 왜 자꾸 나한테 "사랑해"라고 말하는지 잘 몰랐었거든. 처음에는 내 이름인 줄 알았는데, 나중에는 '인사일까?' 라는 생각도 들더라구.

준 형아 이름인 줄 알았다구? 웃기다. 형아 이름이 사랑해? 하하하

빈 아기 때 그랬다구. 너도 아기 때는 아무것도 몰랐잖아. 하기야 지금도 정확히 알지는 못하지만...

준 근데 "사랑해"는 무슨 뜻이야? 왜 엄마랑 아빠가 우리한테 "사랑해"라는 말을 계속 하는 거지? 좋은 뜻인 것 같기는 한데.

빈 "사랑해"라는 의미는 정말 좋아한다는 뜻이야. 좋아한다는 말보다 더 좋아한다는 뜻. 그러니까 엄마랑 아빠가 우리를 정말 좋아한다는 의미이지. 그래서 "사랑해"라고 계속 말하는 거구.

준 아~ 그렇구나. 근데 형아 "사랑해"는 무슨 뜻인지 알겠는데 "사.랑.행."은 무슨 뜻인지 잘 모르겠어. 왜 "사랑해"에서 "사.랑.행."으로 바뀐 건지도 잘 모르겠고.

빈 내가 바꿨지. 예전에는 "굿모닝! 사랑해!"라고 아침 인사를 했었잖아. 근데 "사랑해"라는 말이 듣기에는 좋은데 왜 해야 되는지 잘 모르겠더라구. 그래서 엄마에게 물어봤지. 사랑하면 뭐가 좋냐구. 그랬더니 엄마가 말해줬어. 사랑하면 행복해진다고.

준 사랑하면 행복해진다? 사랑해라는 말을 들으면 기분이 좋아
지고 행복해진다? 형아는 무슨 의미인지 알아?

빈 넌 언제 행복해?

준 행복? 음... 정확히 언제인지는 잘 모르겠는데 엄마와 아빠랑
같이 놀 때, 좋아하는 장난감 사줄 때, 맛있는 음식 먹을 때...
아 그리고 아침에 일어나서 엄마와 형아가 "굿모닝! 사랑해!"
라고 말하며 안아줄 때 기분이 엄청 좋더라구. 이게 행복인
가?

빈 으이그, 기분 좋다는 것이 행복하다는 뜻이야. 행복하면 기분
이 좋아지는 거고.

준 기분이 좋아지면 행복해진다? 행복하면 기분이 좋아진다?
행복해지는 것과 기분 좋아지는 것 중 어느 것이 먼저야? 좀
헷갈리는데.

빈 음...그건 나도 아직 잘 모르겠어. 쫌 헷갈리거든. 어떤 때에는 기분이 좋아지는 것이 먼저인 것 같기도 하고, 다른 때에는 행복해지는 것이 먼저인 것 같기도 하구. 근데 확실한 것은 기분이 좋아져도 행복해지고, 행복해져도 기분이 좋아진다는 거야. 누가 먼저든 간에 다른 것도 함께 따라 오는 것 같아.

준 나도 그렇긴 해. 기분이 좋아도 행복해지고 행복해져도 기분이 좋아져. 두 개가 같은 건가?

빈 그래 그럴 수도 있겠지. 아마도 기분 좋은 거랑 행복한 거랑 같은 것일거야. 이렇게 생각하니까 엄마가 했던 말이 무슨 말인지 알겠어. 사랑하면 행복해진다는 말. 사랑하면 기분 좋아지잖아, 기분이 좋아지면 행복해지고. 그래서 엄마는 사랑하면 행복해진다고 했나봐. 나도 너처럼 아침에 일어났을 때 엄마랑 아빠가 "굿모닝! 사랑해!"라고 말해주면 엄청 기분이 좋아지거든. '엄마와 아빠가 나를 진짜 사랑하고 있구나!' 라고 알게 되니까 행복해지기도 하고.

준 아~! 알았다. 그래서 형아가 "사.랑.행.!"이라고 말했구나. 사랑하면 행복해진다고. 와우~! 형아 정말 최고다. 어떻게 이런 생각을 했어?

빈 고마워. 그렇게 칭찬해주니 기분이 좋네. 갑자기 행복해지는데. 사람들이 "사랑해"라고 말은 하는데 왜 이 말을 해야 하는지에 대해서는 알려주지 않더라구. 잘 모르는 것 같기도 하고. 그래서 '왜 사랑해라고 말해야 하지?' 라고 생각을 했었어. 사랑하면 행복해진다는 사실을 알고 나니까 "사랑해"보다는 "사.랑.행."이 더 나은 거야! 바로 엄마와 아빠에게 "사.랑.행."이라고 말했지. 처음에 "그게 무슨 말이야? 사.랑.행.? 사랑해도 아니구?"라고 말하더니 내가 "사랑하면 행복해진다는 뜻이야!"라고 말하니까 정말 좋아하더라구. 너처럼 엄마와 아빠한테도 엄청 칭찬 들었어.

준 맞아. 형아! 갑자기 생각 난건데, "사.랑.행."은 사랑하면 행복해진다는 뜻이잖아. 내 생각에는 "사.랑.행."은 "사랑하면 행운이 온다"라는 뜻도 있는 것 같아. 어때?

빈 역시 내 동생 준이~! 최고다. 하나를 가르치주면 열을 안다니까. 사랑하면 행운이 오고, 행운이 오면 더 행복해지고. 완전 좋다. 앞으로 "사.랑.행."이란 말 많이 하고 다녀야겠네. 행운도, 행복도 더 많이 오게.

준 나도 이제 내일부터 아침 인사는 "사랑해!"가 아니라 "사.랑. 행.!"으로 할게. 말하기도 더 쉬운데. 그래야 우리 가족한테 행운도 오고 행복도 오고 그러지. 그래도 되지?

빈 그럼 되고말고. 내일부터 우리 가족은 모두 사랑하게 되고 행 운이 오게 되어 행복해질 거야! 준아~ 사.랑.행.~!

"사.랑.행.!"이라는 말을 서로 주고받으며 행복한 아침을 맞 이한 빈과 준이의 여정은 이렇게 문을 엽니다. 아침에 일어나 서로에게 건네는 이 한마디가 두 형제의 오늘을 행복으로 가 득 채워줍니다. 단 세 글자에 이렇게 행복해지리라고는 해보 기 전에는 누구도 알지 못합니다. 해보고 나면 어느 누구나 행복함을 알게 되는 이 세 글자 "사.랑.행". 그들의 여정을 평 생 행복함으로 가득채워줄 것입니다.

《감정 이후의 감정》

오늘따라 찬바람이 살짝 살짝 불어옵니다. 이를 느낀 엄마는
몸을 따끈따끈하게 녹여줄 저녁 식사 장소를 찾기에 분주합
니다. 찾고 찾은 끝에 자리 잡은 곳은 이 일대에 소위 맛집으
로 유명한 칼국수 집. 예전에 아빠는 할머니가 해주시는 칼국
수를 너무나 좋아했다고 합니다. 그래서인지 찬바람이 불 때
면 어김없이 칼국수 집을 향하는 횟수가 많아집니다.

빈 앗 뜨거~! 앙앙~~~

아뿔사~! 뜨거운 칼국수가 나왔는데 빈이는 배고픈 마음에
손을 데이고 맙니다. 뜨거운 국물에 닿은 손을 부여잡고 빈이

의 얼굴은 일그러집니다. 입에서는 "앗 뜨거~!"라는 외침과 함께 짜증 섞인 말이 빈이도 모르게 털썩 튀어나옵니다. 순간 아빠는 빈이를 다그치네요. "짜증내지 말고 뜨거우면 뜨겁다고 말하면 되잖아!"라는 말로 빈이를 혼냅니다. 다행스럽게 심하지 않아 이 순간의 위기는 무사히 넘어갑니다.

준 형아~! 조금 전에 뜨거운 칼국수 국물에 손 닿았을 때 뜨거웠어? 나도 깜짝 놀랐거든. 다행히 아무 일 없어서 다행이지만 아빠가 형아를 혼내는 것을 보고 나도 긴장하고 있었지. 형아 정말 걱정되었거든.

빈 엄청 뜨거웠어. 나도 모르게 비명 소리가 나오더라구. 짜증도 나도 모르게 난 것이고. 솔직히 짜증낼 마음은 없었는데 손이 뜨거우니까 갑자기 짜증이 났었어. 내가 짜증을 내고 싶어서 그랬던 것은 절대 아닌데.

준 내가 아는 형아는 짜증을 절대 잘 내지 않잖아! 근데 순간적으로 갑자기 짜증내니까 나도 놀랐어. 아마 아빠도 놀라서 형아를 혼냈을 거야!

빈 그러면 어떻게 해. 나도 모르게 짜증이 났었는데. 내가 어떻게 막아. 너가 뜨거운 국물에 닿았어도 똑같이 울고불고 짜증을 냈을 꺼야! 아마 아빠가 뜨거운 국물에 닿았어도 똑같이 짜증을 냈을 것이고.

준 그런가? 나는 아직 뜨거운 국물에 데이지도 않았고, 뭐 솔직히 데일 마음은 당연히 없지만 아마 형아 말이 맞을지도 몰라. 평소에 나도 짜증내고 싶어서 짜증낸 적은 한 번도 없었거든. 대신 갑자기 놀라서 나도 모르게 짜증을 냈던 적은 있어. 근데 엄마는 짜증낸다고 나를 혼내고 그랬거든. 솔직히 엄마랑 아빠도 한 번씩 갑자기 짜증을 내잖아. 그것가지고 내가 뭐라 그런 적은 없었는데.

빈 맞아. 내가 아는 어른들도 가끔 짜증을 내거든. 그런데 순간적으로 짜증내고 그 다음에 어떻게 하는 줄 알아?

준 아니, 그 다음 어떻게 해?

빈 대부분의 어른들은 처음에 짜증을 내는 것은 비슷한데, 그 다음에 하는 표정은 모두 다르더라구. 똑같이 짜증을 내었으면

서도 다음 행동은 모두 달라.

준 정말? 뭐가 어떻게 다른데?

빈 어떤 어른은 웃기도 하고, 또 다른 어른은 심호흡을 하기도 하고, 대부분의 경우에는 계속 짜증을 내. 신기하지? 처음에는 모두 짜증을 내는데 왜 그 이후에 하는 행동은 모두 다르지?

준 가만히 생각해보니 형아 말이 맞네. 처음에는 모두 짜증을 내는데 그 다음 행동은 다른 경우가 많은 것 같아. 웃는 사람이 있는가하면 계속 짜증내는 사람도 있어. 근데 난 계속 짜증내는 사람은 정말 싫더라. 짜증을 한번만 내면 되지, 왜 계속 짜증을 내는 건지 도저히 모르겠어.

빈 내가 어떤 책에서 잠깐 봤는데, 짜증내는 이유는 감정 때문이래. 아이든지 어른이든지 감정이라는 것이 있는데. 감정 때문에 웃기도 하고, 울기도 하고 화가 나기도 하며 짜증도 부리는거래. 감정이 없다면 우리는 웃을 일도 없고 화낼 일도 없다고 하네. 감정은 조절하기가 어려워서 자신도 모르게 웃기도 하고 짜증도 내는 거래.

준 그러면 감정이라는 것 때문에 짜증내는 거네. 다른 사람들 마음 아프게 하는 거네. 감정이라는 것 버리면 안 돼? 감정이 없으면 짜증내는 일도 없을 텐데. 감정이 꼭 있어야 하나?

빈 그렇게 생각할 수도 있는데 우리는 감정을 꼭 가지고 살아야 하는 존재래. 감정이 있어야 사람이라고 하더 라구. 감정이 없으면 사람이 아니래. 감정을 숨기고 참으면 참을수록 오히려 나쁜 감정이 더 쏟아 오른데. 더 짜증나고 더 화를 내고 그러는 거지. 이렇게 되지 않기 위해서는 자신이 가진 감정을 자주 표현해야 한다고 해.

준 근데 감정을 표현하면 다른 사람들을 힘들게 하잖아. 형아가 뜨거운 국물에 닿았을 때 짜증이라는 감정을 표현했고 아빠는 거기에 화를 냈고. 뭐 감정이라는 것이 좋은 것은 없는 것 같은데. 없어도 될 것 같은데.

빈 그 상황에서는 서로 감정을 표현해서 안 좋았었는데, 나중에 아빠가 나한테 미안하다고 했어. 감정은 저절로 나오는 것인데 그것으로 화를 내서 미안하다고 하더라구. 그러면서 엄마 랑 아빠가 하는 얘기 살짝 들었거든.

준 아빠가 형아 한테 미안하다고 했다구? 미안하면 왜 혼을 냈 었데? 앗~ 이것보다 엄마랑 아빠랑 무슨 얘기했어?

빈 아빠가 엄마에게 이렇게 얘기했어. "감정은 너무나 자연스러 운 것인데 감정을 표현한 것에 대해 내가 빈이를 꾸중한 것은 잘못했던 것 같아. 좋으면 좋다, 슬프면 슬프다, 뜨거우면 뜨 겁다, 짜증나면 짜증난다고 표현하는 것이 정상인데 이를 탓 하는 것은 아닌 것 같아!" 솔직히 아빠가 하는 말이 무슨 말 인지는 통 이해가 안 되더라구! 그냥 뜨거운 국물에 닿여서 뜨거움을 느끼고 순간적으로 짜증내는 나를 혼냈다는 것이 잘못되었다는 의미로 받아 들여 지더라구. 근데 이 후에 엄마 가 얘기하는 것을 들으니 조금은 이해가 갔어.

준 엄마가 하는 말?

빈 응! 엄마는 아빠 얘기를 듣고, "맞아요. 어떠한 상황에서 순 간적으로 나오는 감정은 정말 자연스러운 것 이예요. 그 자연스러움을 탓해서는 안 되요. 문제는 그 다음 이예요. 첫 번째 감정이 나온 그 다음의 행동이 중요하지요. 빈이가 뜨거운 국물에 닿이고 나온 첫 번째 감정인 짜증은 자연스럽지만 만약 이후에도 짜증을 계속 냈다면 그건 혼나야 하는 행동이지요." 엄마가 한 말 이해가?

준 이해 가냐구? 난 도저히 무슨 말인지 전혀 모르겠어. 형아 는?

빈 난 조금은 이해가 돼. 뜨거워서 처음에 짜증낸 것은 괜찮은데 그 다음에도 짜증이라는 감정으로 표현했다면 나쁘다는 의미인 것 같아. 조금 전에 내가 말한 것 있지? 순간적으로 짜증냈다가 웃는 사람도 있고, 심호흡하는 사람도 있고, 계속 짜증내는 사람도 있다는 말. 첫 번째와 두 번째 사람은 처음에는 짜증을 냈지만 이후에 웃거나 심호흡으로 그 다음 감정을 다스려서 다행이고 계속 짜증낸 세 번째 사람은 나쁜 거지.

준 아! 형아 말 들으니 조금 알겠네. 그러니까 나도 모르게 나오는 순간적인 감정은 자연스러운 것이라서 괜찮지만 그 감정

이후에 따라오는 감정은 자기 책임이라는 거네. 그래서 중요한 것은 두 번째 나오는 감정이라는 의미가 맞나?

빈 내 동생 거의 정확히 이해한 것 같은데! 처음에 나오는 감정은 갑작스런 상황에 순간적으로 나오는 것이라 자신이 제어할 수 없을 수도 있지만, 이 후에 나오는 감정부터는 자신이 선택할 수 있지. 물론 처음 감정 이후의 감정은 자신이 선택한 결과물이기에 책임도 자신이 져야 하구.

준 이제부터는 두 번째 감정이라는 친구 잘 다스려야겠는데. 내가 다스릴 수 있는 부분은 다스려야지.

빈 그럼! 지금부터 지켜 볼꺼야! 처음의 감정은 내가 너그러운 마음으로 용서 해 줄께. 너가 내보낸 감정은 아니니까. 하지만 이후의 감정부터는 안 된다. 너가 선택해서 내보낸 감정이니까 이상한 감정이 나오면 형아가 혼내 줄 거다!

빈이와 준이 두 형제는 그 동안 살짝 얼굴만 내밀고 금방 숨어버리는 '감정'의 존재에 대해 알게 됩니다. 감정이 우리에게 꼭 필요하지만 감정에 의해 선택을 당하게 되면 서로에게 나쁜 감정을 내보낼 수도 있다는 사실과 함께, 우리 스스로가 감정을 선택할 수 있다는 사실도 알게 됩니다. 처음의 감정은 자연스레 표현하되 이후의 감정은 나 자신과 다른 이의 마음을 좋게 해주는 감정을 선택하리라는 다짐을 하면서 차 안에서 새근새근 잠이 듭니다.

《하트구름》

빈이와 준이를 태운 가족들은 2시간의 행복한 여정을 위해 차안을 재미로 가득 채울 꺼리를 찾습니다. '끝말잇기' 부터 시작해서 '자신이 선택한 색깔 주유소 찾기' 도 하며 자칫하면 지겨워 질 수도 있는 도로에서의 시간을 알차게 보냅니다. 두서너개의 게임이 끝나고 잠시 쉬는 사이 가족 중에 누군가가 하늘을 올려다 봅니다. 그야말로 청명한 가을 하늘이 빈이 가족들의 행복한 여정을 향해 환하게 웃어주는 것 같습니다. 순간 빈이가 외칩니다.

빈 우리 하트모양 구름 찾기 할까?

준 형아 말대로 하트모양으로 된 구름 찾기 하자.

빈이가 외친 새로운 게임에 가족들 모두는 흥분을 감추지 못하고 서로를 바라보던 눈을 하늘을 향해 돌립니다. 오늘따라 하트 모양 구름만 찾을 수 없게 만드는 하늘이네요. 파란 도화지에 하얀 물감으로 수놓은 듯한 그런 느낌은 비록 빈이 만의 감정이 아니겠지요.

다양한 모양의 물감들이 흩뿌려져 있음에도 하트모양의 구름을 찾기란 쉽지 않습니다. 눈을 확 틔어주는 하늘의 아름다움에 반해 눈에 뿅뿅 하트를 그려 찾아보지만 하트모양의 구름을 구분하기란 여간 어렵지 않습니다. 하트 모양 구름 찾기 게임을 시작한 후, 어느 정도의 시간이 흘러 약간의 지루함이 찾아오려는 순간 빈이의 외침이 지루함을 한꺼번에 몰아냅니다.

빈 찾았다. 하트모양 구름 드디어 찾았어! 봐봐 맞지? 하트모양 구름.

준 어! 정말 맞네. 형아가 제일 먼저 하트모양 구름 찾았네.

가족들의 시선이 빈이를 향합니다. 운전하는 아빠의 시선조차도 빈이가 가리키는 하트모양의 구름을 향합니다. 순간 차 안은 가족 모두의 빵 터진 웃음으로 가득 차게 됩니다. 빈이가 찾은 하트모양 구름 때문입니다. 하트모양 구름이 웃기게 생겨서가 아니라 정확하게 하트모양의 구름이라서 가족 모두는 흐뭇한 웃음을 빵 터트립니다.

빈 봐봐~! 이렇게 두 손으로 하트모양을 만든 후 하늘에 떠 있는 구름을 보니까 하트모양의 구름이 되잖아! 내가 하트모양의 구름을 1등으로 찾은 것 맞지? 앗 싸~! 1등이다.

준 정말이네. 나도 한번 해봐야지. 우와! 형아~ 어느 구름에 갖다 대어도 모두 하트모양이네. 이렇게 쉬운 것을 이제야 찾았네.

빈이와 준이는 두 손으로 하트모양을 만들어 하늘에 떠 있는 구름들에게 갖다대어봅니다. 어느 구름에 갖다 대더라도 모두 하트모양의 구름입니다. 하트모양임에 틀림없습니다. 더 왈가불가할 그런 단계는 아닌 듯 합니다. 이렇게 하트모양 구

름 찾기는 빈이의 완승으로 끝나고 곧이어 차안에는 피곤함
이 감돌며 엄마는 꿀잠에 빠져듭니다. 여전히 하트모양 구름
찾기 게임의 흥분에 휩싸여 있던 준이가 승리의 행복함에 도
취되어 있는 빈이 형아에게 살짝 물어봅니다.

준   형아~! 그런데 조금 전에 하트모양 구름 찾기 게임할 때 어
떻게 두 손으로 하트모양을 만들 생각을 했어? 엄마랑 아빠
는 하늘만 바라보고 있던데. 나도 하늘이 만들어 놓은 하트모
양 구름만 찾고 있었거든.

빈   아 그거! 나도 처음에는 하트모양 구름을 하늘에서 찾고 있었
는데 아무리 봐도 안 보이더라구. 하트모양 같기도 하고 아닌
것 같기도 하고. 내가 정확히 원하는 하트모양 구름은 없는
것 같았어! 그 순간 망원경이 생각났어. 예전에 내가 조금 더
어렸을 때 할아버지 집 옥상에 갔었거든. 넌 그 때 엄마 뱃속
에 있었구나. 그 때 할아버지가 망원경이라는 것을 보여주셨
어.

준   망원경? 그게 뭐야? 너무 어려워! 난 할아버지 집에 가도 한
번도 본적이 없는데.

빈 이름이 조금 어렵지? 망원경의 양쪽을 두 손으로 잡고 동그란 두 렌즈에 눈을 갖다 대면 멀리 있는 물체가 아주 가까이 보여. 정말 신기하지? 나도 처음에 깜짝 놀랐어. 분명히 저 멀리 있었던 사람이 바로 내 앞에 있는 거야! 다시 망원경을 눈에서 떼니까 원래대로 멀리 보였어.

준 오! 정말 신기하네. 나중에 할아버지한테 보여 달라고 해야겠다. 어떻게 생겼는지 정말 궁금하거든. 멀리 있는 사람도 가까이서 보고 싶고. 그래서 어떻게 되었는데?

빈 아 참~! 갑자기 할아버지 집에서 봤던 망원경이 생각나서 손으로 망원경을 만들었지. 혹시 멀리 있는 구름이 가까이 보이면 찾기가 쉬울 것 같아서. 근데 두 손으로 망원경을 잡던 대로 눈에 갖다 대니 두 손이 하트모양으로 보이는 거야. 두 손으로 내가 원하는 하트모양을 만들었지. 두 손 사이로 하늘을 올려다보니 온통 하트모양으로 보이는 것 있지. 하얀 구름뿐만 아니고 파란 하늘도 하트모양으로 보이는 거야. 심지어는 너의 통통한 몸도 하트모양으로 보이더라.

준 아! 그랬구나. 하트모양을 내가 직접 만들면 되었을 것을...누군가가 만들어 놓은 하트모양만 찾고 있었네.

빈 맞지? 그러려니 찾을 수가 없었던 거야. 나도 예전에 친구들
이랑 보물찾기 게임을 한 적이 있었는데 내가 숨긴 것을 찾을
때에는 정말 쉽게 찾았었거든. 그런데 친구들이 숨긴 보물들
은 정말 찾기 힘들더라구. 남이 숨겨놓은 것이나 남이 만들어
놓은 것들을 찾기란 정말 힘든 것 같아. 나도 숨길 수 있고 만
들 수 있는데, 굳이 남이 만들어 놓은 것들만을 찾을 필요가
없었던 거야.

준 내가 진짜 원하는 것은 내 안에 있구나. 하늘이 만들어 놓은
하트모양을 찾은 것이 아니라 형아 두 손으로 원하는 하트모
양을 먼저 만든 다음에 하늘을 바라보니 하트모양 구름이 보
였던 것처럼.

빈 응 맞아! 내가 만들 수 있어. 진짜 원하는 것을 가장 쉽게 찾
는 방법은 내 안에 있었던 거야. 그동안 바깥에서만 찾으려고
하니까 힘은 힘대로 들고 잘 찾지 못했던 거였어. 지금부터
원하는 것은 내 안에서 먼저 찾아보자. 전부는 아니지만 분명
히 대부분은 내 안에 있는 것 같아! 남이 만들어 놓은 것보다

훨씬 쉽게 찾을 수 있을 거야!

자신이 찾고자 하는 것을 멀리서만 찾고 있는 자신을 발견하
게 되었습니다. 누군가가 이미 만들어 놓은 것에서 원하는 무
엇인가를 찾으려니 제대로 찾을 수가 없었네요. 진짜 원하는
것들은 멀리에 있는 것이 아니라 바로 자신 안에 이미 만들어
놓았다는 비밀을 알게 된 빈이와 준이 형제. 원하는 바를 찾
으려는 여정을 떠날 때 우선 자신 안에서부터 찾는 지혜를 얻
게 되었습니다.

《 '학' 에서 '습' 으로 》

준 아빠~! 이 장난감 로봇 조립할 수 있어요? 여기까지는 내가 조립할 수 있는데 이 다음부터는 못하겠어요. 어서 조립해주세요. 어서요~! 잠깐만요. 조립 설명서 가지고 올께요.

피곤함의 너울에 허우적 되며 막 잠들려고 누워있는 아빠의 귓가에 준이의 간절한 목소리가 애절하게 들려옵니다. 하지만 아빠가 보기에 아무리 장난감이더라도 조립하기가 만만치가 않네요. 이리저리 골머리를 앓는 아빠를 보며 안쓰러웠던지 준이는 조립 설명서를 찾으러 거실로 뛰어갑니다.

준 여기 조립 설명서 가지고 왔어요. 이거 보고 어서 조립해 주세요.

아빠의 입장에서 이리보고 저리보아도 조립을 어떻게 하는
지 궁금증만 더해 갑니다. 예전의 실력이라면 충분히 조립하
였을지도 모르지만 지금의 실력은 그다지 조립에 도움이 되
지 않네요. 결국 아무것도 조립하지 못하고 준이의 간절한 외
침을 외면한 채 아빠는 잠이 듭니다. 아침 해는 어느덧 밝아
와 어제 제일 먼저 잠자리에 든 빈이를 깨웁니다.

빈 어~ 이상하네. 이 로봇 장난감 내가 어제 분명히 조립해 놓
았는데. 왜 이렇게 분리되어 있지? 준아 일어나봐. 이 로봇
장난감 왜 이렇게 되었어?

준 아~ 그거? 어제 형아가 자는 사이 내가 다시 조립해 보려구
분리 했었거든. 근데 못하겠더라구. 형아가 조립할 때에는 분
명히 쉬워 보였었는데. 잘 안되어서 아빠한테 해달라고 했어.
조립 설명서까지 갖다 주면서.

빈 아빠가 조립했어? 근데 왜 이렇게 분리되어 있지?

준 아니, 설명서를 한참 읽어보더니 결국은 조립하지 못하더라구. 형아는 설명서 보고 금방 조립하는 것 같아서 아빠도 금방 할 줄 알았는데, 한참을 보더니 그냥 잠들어버렸어.

빈 그게...사실은 나도 설명서 처음 봤을 때에는 조립을 못했었거든. 더 솔직히 말해서 설명서만 몇 번 봤는데도 조립 못하겠더라구. 그래서 생각나는 대로 마구 조립했지. 처음에는 잘 안되더니 이리 하고 저리 하다보니까 조금씩 맞춰져 가더라. 그 때 다시 설명서를 보니까 이해가 되어서 완전히 조립할 수 있었어.

준 형아도 설명서 보고 처음부터 조립할 수 있었던 것은 아니네?

빈 그래, 설명서만 보고 조립한다는 게 정말 어렵더라. 아무리 아빠라도 그것은 어려웠을 거야. 어떻게 조립하는지 직접 한 번 해봐야지 알 수 있어.

준 그냥 보는 거랑 하는 거랑은 다르다는 의미이지?

빈 빙고~ 역시 너 아는구나? 보는 거랑 하는 거랑은 엄청 다르다는 것을~!

준 그럼 나도 그 정도는 알아. 저번 주에 형아 따라서 숲살이(숲체험) 갔었잖아. 그 때 알게 되었지.

빈 숲살이 가서? 거기서 무슨 일 있었어?

준 책에서 많이 봤던 초록이들과 나무들을 그 숲에서 만져보았거든. 책에서만 볼 때는 '저 나무 만져보면 어떤 느낌이 들까? 진짜 이런 색깔일까? 따뜻할까? 차가울까?' 많이 궁금했었거든. 책에 나온 초록이에 대해서 엄마가 아무리 읽어주고 얘기해줘도 솔직히 잘 모르겠더라구. 정말 그런지도 궁금했고.

빈 어쩐지 너 숲살이 가서 초록이들 그렇게 많이 만져보고 안아보고 그러더라구. 유난히도 너가 숲에 있는 초록이들에게 관심가지고 만지고 안아 보길래 이상하다 싶었거든. 예전에는 관심도 없더니.

준 근데 형아~! 확실히 다르더라. 책에서 보는 초록이들이랑 숲에서 직접 만져본 거랑 완전히 다른 초록이였어. 모양도, 색깔도, 따뜻함도 차가움도 모두 달랐어.

빈 뭐가 그렇게 달랐어?

준 어...뭐부터 말해줄까? 만져지는 느낌도 달랐고, 두 팔 벌려 안았을 때 얼굴과 배가 초록이에게 닿으니 그 느낌도 신기했어. 책에서 볼 때 한 번도 상상해 본적이 없었던 느낌이었어. 한 번도 경험해 본 적이 없는 느낌이라서 어떻게 말해야 할지는 잘 모르겠지만...하여튼 많이 달랐어. 책에서 보고 생각만 했을 때랑은.

빈 그랬구나. 책에서 보는 거랑 직접 만지며 느끼는 거랑은 완전히 다른 거구나.

준 형아~! 다시 로봇 장난감 얘기 해보자. 형아는 아빠도 조립 못하는 로봇 장난감을 어떻게 잘 조립하는 거야? 처음부터 조립하는 방법 알고 있었어?

빈 그럴 리가 있나? 나도 처음에 장난감 박스 안에 들어있는 설명서를 봤을 때에는 도대체 무슨 말인지 이해가 잘 안 되었어. 그래서 설명서를 펼쳐 1번부터 차례대로 봤지. 그렇게 세 번 정도 보고 나니까 로봇 장난감을 조립할 수 있겠다는 자신감이 생기더라구.

준 그래? 그렇게 조립할 수 있게 되었구나. 세 번씩이나 봐야하다니…

빈 아니야. 설명서 볼 때에는 조립할 수 있을 줄 알았는데 막상 조립하려고 하니까 머리에 생각이 하나도 안 나는 것 있지. 마치 머릿속이 하얘지는 것 같았어. 분명히 설명서 볼 때에는 한 번에 조립할 수 있을 줄 알았는데… 막상 조립하려고 하니까 아무것도 생각나지 않아 답답해서 속상했다니까.

준 그래? 정말 이상하네. 설명서 보고 어떻게 조립하는지 알았으면 실제로도 조립할 수 있어야 하는데…설명서가 잘 못 된 건가?

빈 나도 처음에는 그런 줄 알았는데, 그렇지는 않은 것 같아. 정신 차리고 설명서를 1번부터 하나씩 보면서 동시에 로봇 장난감을 조립해 나갔어. 그랬더니 마지막 번호에 오니까 로봇 장난감이 완성되어 있는 거야. 와우~ 엄청 신나더라구.

준 그렇다면 설명서가 잘 못 적혀 있었던 것은 아니구나. 근데 왜 실제로 하려고 하면 생각이 안 날까? 분명히 설명서만 볼 때에는 이해가 되었는데.

빈 그런 게 있나봐. 머리로는 알겠는데 몸으로는 잘 모르겠는 것.

준 무슨??? 머리로는 알겠는데 몸으로는 잘 모르겠다고? 난 도대체 무슨 말인지 통 모르겠다.

빈 너 숲살이 갔을 때 가만히 생각해봐. 엄마가 책에서 읽어줘서 초록이들이 어떻게 생겼고 무슨 색깔인지 알게 되었지? 초록이들이 가지고 있는 잎들은 어떤 표정과 무슨 색깔인지 알게 되었지? 생김새에 따라 만지면 까칠할 것 같기도 하고, 부드러울 것 같기도 하고?

준 그래 맞아. 책에서 그림으로 보고 엄마가 얘기해 주었을 때 난 솔직히 초록이들에 대해서 많이 안다고 생각했었거든.

빈 근데 숲살이 가서 직접 만져보고 안아본 초록이들이 책에서 본 거랑 어땠어. 니가 책에서 알게 된 거랑 똑같았어?

준 완전 달랐어. 책에서 보면서 상상했던 것과는 완전히 다르게 다가왔어.

빈 내가 로봇을 조립할 수 있었던 것과 니가 숲살이에서 느낀 거랑 같아. 책에서 보고 들었을 때에도 넌 분명히 초록이들에 대해서 알았을거야. 단, 머리로만... 하지만 숲살이 가서 직접 만져보고 안아보았을 때에는 머리가 아니라 몸으로 알게 된 거야. 몸으로 직접 만져보고 안아봐서 느끼니까 진짜 초록이들에 대해서 알게 된 거지. 그 순간 니가 머리로만 알고 있었던 내용과는 완전히 다른...

준 아~ 그렇구나. 책에서만 봤을 때에는 머리로만 알았던 거구, 직접 만지고 안아 봤을 때에는 몸으로 알게 된 거구. 둘이 똑같지는 않았어. 오히려 다른 부분이 훨씬 더 많았거든.

빈 조금 더 나아가 볼까? 혹시 이해가 안 되면 얼른 얘기해줘. 배우기만 하는 거랑 익히는 거랑은 다른 경우가 많아. 우리는 보통 머리로 배우고, 몸으로 익힌다고 한데. 배우는 것을 '학'이라하고, 익히는 것을 '습'이라고 한데. 너 혹시 이것 이해하니? 무슨 말인지 알겠어?

준 책에서만 배운 것은 '학', 직접 만져보고 안아보는 것은 '습'. 이 말 맞아?

빈 오~ 완전 잘 이해하는데. 너 책으로만 초록이들을 볼 때랑 숲살이 가서 직접 만져보고 안아볼 때랑 어느 쪽이 더 좋았어? 언제가 초록이들에 대해서 더 잘 알 수 있었어?

준 숲살이 가서 직접 만져보고 안아봤을 때.

빈 그치? 나도 로봇 장난감 조립 설명서만 볼 때보다는 몇 번을 직접 조립해보니까 완전히 그 방법을 알 수 있었어. 직접 해보는 것이 더 이해가 빨랐어.

준 형아 말대로 그냥 보는 것보다는 직접해보는 것이 훨씬 나은 것 같아. 이제는 뭐든지 직접 해봐야겠다. 머리로만 배우는 것도 좋지만 직접해보니까 더 빨리 할 수 있는 것 같아. '학' 도 좋지만 '습' 이 더 좋은 것 같네.

빈 몸으로 익히는 '습' 이것이 진짜 배움일 거라는 생각이 강하 게 드네.

책이나 설명서에서만 배우는 것보다는 몸을 통해 익히고 행 했을 때 진정한 배움이 온다는 사실을 알게 되었습니다. 머리 로만 알고 모든 것을 알고 있는 것처럼 태만하고 자만하는 자 세만큼 어리석음은 없습니다. 빈이와 준이 형제는 위대한 여 정을 원하는 삶으로 만들어가기 위해서는 머리로만 아는 '학' 보다는 몸으로 익히는 '습' 이 더 중요함을 익혀갑니다.

66

양보를 굴리고 또 굴리면
어마어마하게 큰 눈덩이가 되어 다시 돌아온다는
양보의 힘에 대해 깨닫는 빈이와 준이.
양보는 양보를 낳고, 양보로 가득 채워진
그들의 양보 눈덩이의
크기가 벌써부터 궁금해집니다.

99

CHAPTER

02

너에게로

2장

세 살 터울 빈이 형아와 준이 동생은
장난감의 선호 스타일이 거의 같습니다.
세 살 터울이면 취향이 서로 다를 법도 한데,
형아가 가지고 노는 장난감이
그리도 좋아보였나 봅니다.
덕분에 장난감을 가지고 놀때면 어김없이
서로 다투기 일쑤입니다.

《미소지능》

준 하하하~ 하하하~~~

빈 너 왜 그렇게 웃고 있어? 엄마 화난 것 같아. 웃으면 더 혼날
   것 같은데.

준 나도 엄마가 화난 줄 알아. 그래서 계속 웃는 거야.

바쁘게 차려입고 나가느라 분주한 엄마에 아랑곳하지 않고,
옷도 입지 않은 채 장난만 치고 있는 준이에게 엄마는 화가
잔뜩 났습니다. 하지만 큰 소리로 준이를 혼내지는 못하네요.
화를 내서 얼른 준비 후 나가야 한다는 것을 알면서도 배시시

77

웃고 있는 준이를 바라보고 있노라면 선뜻 화를 내기란 쉽지 않습니다. 결국 엄마는 화를 내기는커녕 살포시 웃음 지으며 준이를 도와 준비를 서두릅니다.

빈 와우~ 신기하네. 엄마가 너한테 막 화내려다가 웃어버리네. 왜 저러지? 엄마도 힘드나? 나에게는 화내려고 하다가 절대로 웃지 않거든. 내가 웃으면 더 혼나곤 했었는데. 준아 너 엄마한테 어떻게 한 거야?

준 나? 그냥 계속 웃고 있었는데. 형아도 봤잖아. 내가 웃고 있는 것.

빈 그래 봤지. 근데 나랑 너랑 뭔가 다른 것 같아서. 엄마가 화내고 있는데 내가 계속 웃고 있으면 엄청 더 혼내거든. 엄마는 화나는데 나는 웃고 있다고. 근데 너는 웃고 있으니까 엄마가 화도 내지 못하고 같이 웃어버리네. 앙~! 엄마는 나보다 너를 더 사랑하나봐.

준 형아! 혹시 거울보고 가만히 서 있어봤어?

빈 응. 거울보고 가만히? 서 있어 봤지. 갑자기 그건 왜?

준 거울보고 가만히 서 있으면 거울 안에 있는 내가 움직여 안 움직여?

빈 당연히 안 움직이지. 내가 안 움직이고 가만히 서 있는데 어떻게 거울안의 내가 움직이니?

준 그렇다면 형아! 거울 안에 있는 내가 웃게 하려면 어떻게 해야 할까?

빈 당연히 내가 먼저 웃어야겠지. 그래야 거울 안에 있는 내가 웃겠지.

준 당연히 그렇게 되겠지. 혹시 내가 웃지 않았는데 거울 안에 있는 내가 먼저 웃는 거 봤어?

빈 당연히 못 봤지. 그게 말이 돼? 내가 웃고 있지 않는데 어떻게 거울 안에 있는 내가 먼저 웃니? 나 그 정도는 알거든. 지금 무슨 얘기 하려고 그러는데?

준　내가 계속 웃으니까 화난 엄마도 웃는 거야. 내가 먼저 웃지
　　않으면 엄마도 먼저 웃지 않을 거야. 마치 내가 먼저 웃어야
　　거울 속의 내가 웃는 것처럼.

빈　아~ 니 말 들어보니 정말 그렇네. 내가 울고 짜증낼 때 엄마
　　도 짜증내고 화냈었어. 내가 웃을 때에는 함께 웃어줬었고.
　　내가 먼저 하면 엄마도 똑같이 하는구나.

준　그래 바로 그거야. 형아는 울면서 엄마가 웃기를 바라면 안
　　되지. 절대로 그렇게 될 수도 없고. 근데 형아~ 혹시 '미소지
　　능'이라고 들어봤어? 먼저 웃고 잘 웃는 사람이 '미소지능'
　　이 좋은 거래.

빈　미소지능? 너 지능이 무슨 뜻인 줄 알고 있어?

준　지능? 저번에 봤던 만화에 나오던데. 지능이란 말. 잘 한다는
　　의미인 것 같았는데. 요리 잘하면 요리지능이 좋고, 물놀이
　　잘 하면 물놀이 지능이 좋은 거래. 나처럼 잘 웃으면 미소지
　　능이 좋은 거고.

빈 지능의 의미가 맞긴 맞는데. 미소지능? 그런 것도 있어? 나
도 잘 웃으니까 미소지능이 좋은 거네?

준 응 내가 보기에 형아도 미소지능이 높은 것 같아. 그 책에 나
오는 선생님이 말하기를, 우리 모두는 원래 미소지능이 굉장
히 좋데. 특히 아이들은 미소지능이 엄청나게 뛰어나서 잠시
만 웃고 있어도 보고 있는 사람들은 자연스럽게 웃게 되고 행
복한 에너지를 가지게 된다고 해. 내가 형아보다 더 아이니까
미소지능이 더 좋다는 의미이지.

빈 근데 우리 모두는 미소지능이 이렇게 좋은데 어른들은 왜 미
소를 잘 짓지 않지? 엄마랑 아빠도 그렇고, 놀이터에 가면 어
른들은 미소보다는 화를 더 많이 내는 것 같아. 항상 얼굴이
찌푸려져 있어. 가끔은 무섭기도 하거든. 어른이 될수록 미소
지능이 낮아 지나봐.

준 만화에서 어떤 아이가 형아와 같은 질문을 선생님한테 물었
어. 선생님의 대답이 뭔지 알아?

빈 선생님이 뭐라고 대답했는데? 빨리 얘기해줘. 너무 궁금하

다.

준 아이든 어른이든 우리 모두는 높은 미소지능을 가지고 있는데. 근데 미소지능을 잘 사용하는 사람이 있는 반면에 미소지능을 전혀 사용하지 못하는 사람도 있다는 거야. 잘 사용하는 사람은 미소를 잘 지어서 모두를 행복하게 해주는데, 잘 사용하지 못하면 모두를 불행하게 만든데.

빈 듣고 보니 맞는 말인 것 같아. 높은 미소지능을 잘 사용하는 사람들은 자기뿐만 아니라 모두를 행복하게 해주는 것 같아. 미소지능 사용법을 모르는 사람들에게 사용법을 알려주기도 하고. 너가 미소지능을 잘 사용한 덕분에 엄마도 화내려다가 미소를 지은 것이겠지?

준 그래 형아~! 미소지능은 정말 좋은 것 같아. 모두를 행복하게 만들어줄 수 있으니까. 결국 행복한 것이 최고 아닌가?

빈 거기다가 미소지능은 사용하기도 편하고, 어렵지 않고 쉬워. 근데 이렇게 좋고 쉬운 미소지능을 어른이 되어 갈수록 왜 잘 사용 못하는걸까? 잘 사용하면 모두 좋을 텐데. 어떻게 잘 사용하는 방법이 없을까?

준 미소지능을 잘 사용하는 방법? 음...연습을 많이 하면 되는 것 아닌가? 뭐든지 잘 하려면 연습을 많이 해야 한다고 아빠가 얘기 했었잖아. 연습 없이는 아무리 쉬워 보이고 좋아보여도 하기 어렵다고.

빈 연습? 그렇네. 아빠가 뭐든지 연습을 해야지 잘 한다고 했었는데. 잠시 잊어버리고 있었다. 그렇다면 간단하네. 자주 웃는 연습을 계속 하면 되는 거네.

준 거울보고도 웃고, 벽보고도 웃고, 장난감 인형보고도 웃고, 엄마랑 아빠 볼 때마다 웃고...이렇게 계속 웃으면 되는 거네. 아주 쉽네. 미소지능은 사용하면 할수록 높아지고 사용하지 않으면 않을수록 낮아진다고 해.

빈 미소지능. 내 안에 미소지능이 얼마나 높은지는 잘 모르겠지만 니 말대로 높다면 자주자주 사용해야겠다. 그래서 나도 너도, 엄마와 아빠도, 그리고 친구 모두를 행복하게 만들어줘야지. 고마워 준아~! 이제 우리 준이 진짜 어른이 되어 가나봐.

형아가 너를 통해서 많이 배운다.

'미소지능' 이라는 단어를 처음 들었지만 빈이는 무척이나 마음에 드나 봅니다. 화난 엄마도 웃게 만드는 비밀이 준이의 미소지능에 있었다는 사실을 알게 되니, 자신도 높은 미소지능을 맘껏 사용하여 모두를 행복하게 만들어 주겠다는 큼직한 포부가 생기네요. 여기에 더불어 미소지능 사용법을 잘 모르는 친구들과 어른들에게도 그 사용법에 대해서 빨리 알려줘야겠다는 생각을 하니 저절로 입가에 미소가 지어집니다.

《양보 눈덩이》

세 살 터울 빈이 형아와 준이 동생은 장난감의 선호 스타일이 거의 같습니다. 세 살 터울이면 취향이 서로 다를 법도 한데, 형아가 가지고 노는 장난감이 그리도 좋아보였나 봅니다. 덕분에 장난감을 가지고 놀때면 어김없이 서로 다투기 일쑤입니다. 빈이가 좋아하는 장난감은 준이도 좋아하고, 준이가 좋아하는 장난감은 빈이가 가지고 싶어 합니다. 저희 집에서 숨쉬며 살고 있는 수많은 장난감들 중에 유독 둘의 사랑을 독차지 하는 행운의 주인공은 이런 다툼 속에서 원하지 않은 흠집이 나기 시작합니다.

준 왜 뺏어가? 내가 먼저 가지고 놀았잖아. 형아는 다른 것 가지고 있었잖아. 엄마~ 앙~!

빈   아니야, 내가 원래 그거 가지고 놀고 싶었는데 니가 가져가기
에 잠시 기다렸을 뿐이야. 이제 내가 가지고 놀 차례니까 내
가 가져 가는거야. 원래 내 장난감이거든.

준   아니라고. 내가 먼저 가지고 놀았잖아.

행운의 주인공을 앞에 두고 다투는 두 형제는 엄마의 한마디
에 양보의 미덕을 발산하며 상황을 종료합니다. 과연 엄마는
무슨 말로 이 상황을 해피엔딩으로 이어지게 했을까요?

빈   내가 양보할게. 니가 가지고 놀아.

준   아니, 내가 지금까지 가지고 놀았으니까 내가 양보할게. 형아
가 가지고 놀아.

빈   너 갑자기 왜 그래? 조금 전에는 니가 가지고 논다고 해 놓구
선. 지금에 와서는 왜 나한테 양보한다는 거야? 무슨 일 있
어?

준 아니, 아무 일도 없어. 형아는 왜 그러는데? 형아가 가지고 가야한다며? 근데 왜 지금은 나한테 양보하는 건데?

빈 나? 사실대로 말하면 양보가 하고 싶어졌어. 엄마가 양보를 하면 강해진다고 했거든. 양보를 하면 기분도 좋아지고 어른도 빨리 된다고 하니까 양보가 하고 싶어졌어.

준 형아~ 나랑 똑같은 생각이네. 나는 평소에 어떻게 하면 어른이 빨리 되는지 궁금했었거든. 빨리 아빠처럼 어른이 되고 싶어서. 근데 양보를 많이 하면 어른이 빨리 된다고 하는 거야. 그래서 무조건 양보 하려고.

빈 너 양보가 뭔지는 알고 하는 거야? 양보를 하면 어떤 느낌인지 아냐구?

준 양보를 하면? 좋은 느낌 아닌가? 양보는 다른 사람이 먼저 하게 해주는 것 아닌가? 형아한테 장난감을 먼저 가지고 놀게 해주는 것처럼.

빈 그렇지. 좀 알긴 아네. 양보가 뭔지를. 양보는 내가 하고 싶은데 다른 사람에게 먼저 하게 해 주는 거야. 그렇게 하면 상대방 기분이 좋아지면서 그것을 보는 나도 자연스럽게 행복해지지. 그 사람이 나중에 나한테 양보해주기도 하고.

준 양보라는 것 정말 좋은 거네. 그렇다면 모두 다 양보하면 되겠네?

빈 모두 다 양보는 못해. 양보가 좋다는 것을 알면서도 오히려 많은 사람들이 양보를 안 하려고 해. 왜 그런 줄 알아?

준 아니 몰라. 좋으면 다 하면 되는것 아니야?

빈 사람들은 양보를 하면 자기가 당장에 하고 싶은 대로 못하니까 기분이 안 좋아진다고 생각해. 왠지 자기가 진 것 같기도 하고. 먼저 하는 게 이기는 것이라고 생각하나봐.

준 그래? 이상하네. 난 양보를 하면 기분이 좋아지던데. 내가 먼저 양보해서 이긴 것 같기도 하고. 어른도 더 빨리 되는 것 같아 좋구. 형아는 안 그래?

빈 나도 그렇긴 해. 양보하기 싫다가도 양보를 하게 되면 이상하게 기분이 더 좋아져. 어른이 된 것도 같고. 양보가 이런 것인데 왜 서로 안하려고 하지? 서로 하려고 해야 맞는 것 아닌가?

준 양보는 내가 하기를 원하지만 그 사람에게 먼저 할 기회를 준다는 의미잖아. 그 사람을 먼저 생각한다는 뜻이기도 하고. 나도 아기 때에는 양보가 뭔지 몰랐거든. 뭐든지 내가 하고 싶은 것들은 그 순간 바로 하고 싶었거든. 다른 사람이 원하든 그렇지 않든 내가 먼저하고 싶었어. 실제로 대부분을 그렇게 했었고.

빈 그 때 기분이 어땠어? 좋았어? 어른이 되는 것 같았어? 이긴 것 같았어?

준 정확히 생각 나지는 않지만 그런 느낌은 못 받았던 것 같아. 지금 이렇게 아직도 아이인 것을 보면 어른이 되지도 않았고. 기분도 그리 좋지는 않았던 것 같아. 더 정확히 말하면 처음에는 내가 할 수 있게 되어서 좋았는데 조금만 있으니까 재미없더라구.

빈 네가 양보를 안 해서 그런 거야. 니한테 양보 받지 못한 친구
   는 당장에 원하는 것을 너한테 빼앗겼다 생각하면서 기분이
   나빴을지도 몰라. 그래서 다시는 너랑 안 놀고 다른 친구들이
   랑 놀지. 결국 혼자 노는 너는 재미가 없었을 테고.

준 그랬었구나. 그 때는 왜 그런지 몰랐었는데. 왜 기분이 안 좋
   고, 왜 재미가 없었는지 몰랐었거든. 내가 하고 싶은 것 분명
   히 하고 있었는데도 말이야.

빈 네가 양보를 했다고 생각해봐. 양보를 하면 상대방이 기분이
   좋을 거야. 왜냐구? 당장에 하고 싶은 것을 할 수 있으니까.
   당연히 그 친구는 자신에게 양보해준 너를 좋아하겠지. 앞으
   로도 계속 같이 놀자고 할테구. 그렇다면 너의 기분은 어땠을
   까? 양보한 순간에는 당장에 하고 싶은 것을 미뤄야하기 때
   문에 기분이 약간 안 좋을 수도 있는데 상대방이 좋아하는 것
   을 보니까 기분이 오히려 더 좋아 진다는 거야. 왠지 좋은 일
   을 한 것 같아서.

준 그건 형아 말이 맞아. 처음에는 양보한 것이 왠지 뭔가를 빼
   앗긴 것 같고 억울했는데 친구가 고맙다고 얘기해주고 좋아

하니까 내 기분도 덩달아 좋아지는 거야. '이거 뭐지?' 라고
생각했었는데 형아가 말해주니까 이제야 그 이유를 알 수 있
는 것 같아.

빈 더 신기한 것 알려줄까? 양보는 상대방에게 너의 것을 내어
   준 것이 아니야. 시간이 좀 더 걸리지만 너가 해 준 작은 양보
   가 풍선처럼 부풀어 올라 그 친구는 너에게 더 큰 양보를 할
   거야. 눈을 굴리면 더 큰 눈덩이가 되듯이 양보도 먼저 주면
   구르고 굴러 엄청난 크기의 양보 눈덩이가 다시 너에게 돌아
   온다는 거지.

준 나로부터 시작된 작은 양보가 큰 눈덩이 양보가 되어 나에게
   다시 돌아온다는 거네.

빈 그럼. 그렇고말고. 이건 내 경험상 확실해. 나는 기억 못해도
   양보 받은 그 친구는 기억을 하고 있더라구. 그러다가 양보해
   야 할 상황이 되면 말도 하지 않았는데 나에게 먼저 더 큰 양
   보를 해 주는 것을 보고 알았지. 작은 양보를 주면 구르고 굴
   러서 더 큰 양보 눈덩이가 만들어져 다시 돌아온다는 것을.

준 정말 그렇다면 먼저 양보하는 것이 완전 이득이네. 완전 이기는 거구. 시간이 좀 더 걸리지만 더 크게 돌아오니까 충분히 기다릴 수 있지.

빈 우리 지금부터 양보 눈덩이를 한번 굴려볼까? 한번보다는 두 번, 두 번보다는 세 번...이렇게 굴리다보면 양보는 붙고 붙어서 엄청나게 큰 양보 눈덩이가 되어 다시 돌아오겠지.

준 형아 같이 굴리자. 이제부터 내가 형아한테 모두 양보할게. 양보 눈덩이를 키우고 싶어졌어. 엄마한테, 아빠한테도, 그리고 어제 친구가 가지고 놀고 싶다는 장난감을 내가 먼저 가지고 놀았었는데 내일은 바로 양보해야겠어. 양보 눈덩이 만들어야 하니까.

빈 그래. 너의 그 양보 눈덩이 같이 한번 굴려볼까? 얼마나 커질지 엄청 기대 되네.

내가 먼저하고 싶어도 누군가에게 먼저 내어주며, 양보를 굴리고 또 굴리면 어마어마하게 큰 눈덩이가 되어 다시 돌아온다는 양보의 힘에 대해 깨닫는 빈이와 준이. 이제 두 형제가 다툴 일은 확연히 줄어들 것 같은 기분 좋은 예감이 듭니다. 양보는 양보를 낳고 또 다른 양보를 낳고...양보로 가득 채워진 그들의 양보 눈덩이의 크기가 벌써부터 궁금해집니다.

《어울림의 DNA》

준 형아~! 놀이터 가서 놀자. 조금 전에 보니까 뒷마당에 놀이
터 있던데.

이제 막 숙박지에 도착한 두 형제는 어느새 보았는지 밖으로
놀러나갈 준비부터 합니다. 어른들이 짐을 옮기고 있는 사이
숙박지 뒷마당에 위치한 자그마한 놀이터를 바라보는 준이의
눈빛이 예사롭지 않습니다.

빈 진짜? 나는 못 봤는데, 어떻게 봤어?

준 내가 봤지. 밥 먹을때까지 놀이터 가서 놀자. 다른 친구들도

놀고 있더라.

빈 그래? 그럼 더 재밌겠다. 같이 놀자 그러자. 그 친구들도 좋
아할 것 같은데.

빈이와 준이는 재빨리 놀이터로 향합니다. 혹시나 먼저 놀고
있던 친구들이 다 놀고 들어가면 어쩌나 싶어 서둘러 뛰어갑
니다. 다행히도 놀이터에서 먼저 놀고 있던 친구들은 빈이와
준이를 반갑게 맞아주어 함께 신나게 어울려 놀이를 합니다.
마치 오랜 세월 친구로 지낸 것처럼.

준 형아~! 어때 재밌지? 그 친구들과 함께 노니까 더 재밌다.

빈 응. 오늘 처음 만나서 그런지 함께 노니까 더 신나던데. 좀 아
쉽다. 조금만 더 놀았으면 좋았을텐데.

준 그러게. 하지만 걱정 하지마. 다른 놀이터에 가면 또 다른 친
구들이 있을 거야. 함께 놀자고 하면 좋아할걸.

빈 맞아. 언제나 먼저 다가오는 다른 친구들을 웃으면서 반갑게

맞이해주더라. 그게 좋은 것 같아. 나 같은 경우에도 처음 보는 친구가 먼저 다가와 함께 놀자고 하면 기분이 좋아 지거든. 함께 노니까 더 재미있기도 하고.

준 근데 왜 어른들은 처음 만나는 사람들과는 같이 안 놀아? 옆방에 다른 어른들도 놀러왔는데 인사도 안하고 그냥 서로 자기 할 일만 하던데. 놀이터에 가보면 아이들 수만큼이나 어른들이 있는데 어른들은 간단히 인사만 하고 서로 같이 안 놀아. 같이 놀면 더 재미있는데. 사실 처음 보는 사람들은 더 반갑고 그렇잖아. 우리들이 같이 노는 것처럼 어른들도 함께 얘기도 하고 놀면 좋을 텐데.

빈 나도 그게 참 이상해. 그냥 다가가서 인사하고 같이 놀자고 하면 되는데, 어른들은 그 말이 하기 어려운가봐. 왜 어렵지?

준 아무리 생각해봐도 어려운 것이 아닌데. 어른들한테 어려우면 우리들한테는 더 어려운 거잖아. 그런데 우리가 쉽게 얘기하고 함께 노는 것으로 보아 어려운 것은 아니야. 분명히 다른 이유가 있을거야.

빈 나도 그게 약간 의심스러워. 그냥 우리처럼 "안녕, 같이 놀자"라고 얘기하면 되는 것 아닌가? 이 말 듣는 상대방도 분명히 좋아할 것 같은데. 나만 그런가?

준 아니야, 형아 말이 맞아. 나도 처음 보는 친구가 먼저 다가와서 "같이 놀자"라고 얘기해주니까 좋더라구. 반갑기도 하고. 실제로도 같이 노니까 더 재밌었어.

빈 그런데 어른들은 왜 잘 어울리지 못하지? 정말 이상해. 부끄러워서 그러나? 잘못한 것도 없는데 부끄러워 할 필요는 없는 것 같고. 어떻게 함께 어울리는지 몰라서 그러나? 아~ 도저히 모르겠다. 아무리 생각해도 이해가 안가.

준 아마 부끄러워서 그럴지도 몰라. 아니면 상대방이 나쁜 사람이라고 생각해서 그런가? 어른들 중에는 좋은 사람들도 많고 나쁜 사람들도 많잖아. 요즘 엄마가 나한테 가끔 얘기하거든. 처음보는 아저씨가 같이 가자 그러면 절대로 따라가면 안 된다고. 사탕 사준다거나, 엄마한테 데려다 준다거나...이런 말 하고 같이 가자 그러면 절대로 따라가지 마래. 나쁜 아저씨래.

빈 맞아. 그건 내가 어렸을 적에도 엄마한테 들었어. 어른들 중에는 나쁜 사람들도 많아서 처음 보는 사람이 다가와서 같이 가자고 하면 절대로 따라 가지 말랬어. 어른들은 그런 게 있나봐. 우리들은 나쁜 친구는 없는 것 같은데.

준 그래도 좋은 어른인지 나쁜 어른인지는 모르잖아. 나쁜 어른이라고 생각했는데 실제로 알고 보면 좋은 어른일 수도 있잖아? 왜 처음부터 나쁜 어른이라고 생각하지? 실제로는 좋은 어른이 더 많을 것 같은데.

빈 그래 맞아. 세상에는 좋은 어른이 더 많은 것 같아. 나한테도 잘해주는 어른들이 더 많거든. 근데 왜 알지도 못하면서 처음부터 잘해주면 나쁜 사람이라고 의심할까?

준 그렇게 의심부터 하니까 처음 만나는 사람들과 잘 어울리지 못하는 것 같아. 잘해줘도 의심부터 하니까. 그래서 더 다가가지 않고 그러다보니 더 의심하게 되고. 근데 형아 어른들도 아이였을 때는 우리처럼 잘 어울리지 않았을까? 우리가 재밌게 어울리는 방법을 배운 것은 아니잖아. 그런데도 이렇게 재미있게 어울리는 것을 보면 분명히 어른들도 아이였을 때에는 잘 어울려 놀았을꺼야.

빈 그렇겠지. 아이였을 때에는 분명히 우리처럼 처음 보는 친구
들과도 잘 어울리고 재미있게 놀았을 거야. 어른이 되면서 왜
그렇게 되었는지는 아직도 잘 모르겠지만.

준 이유야 어떻든 간에 어른들도 우리처럼 처음 보는 사람들한
테도 쉽게 다가가고 잘 어울렸으면 좋겠다. 처음에는 어색해
도 함께 하다보면 정말 재밌고 좋은데. 무슨 좋은 방법이 없
을까?

빈 있지. 어른들도 아이일 때 분명히 처음 보는 사람들과 잘 어
울렸다면 분명히 지금도 잘 할 수 있을 거야. 단지 무슨 이유
때문인줄은 모르지만 오랜 시간동안 함께 하지 않아서 잘 하
지 못할 뿐. 한번 해보면 쉽다는 것을 금방 알게 될 거야. 우
리 친구들 엄마와 아빠들이 함께 어울리는 자리 만들어 줄
까? 친구 집에 가고 싶다고 조르면 될 것 같은데.

준 그래 형아 좋은 생각이다. 돌아가면 친구 집에 놀러가고 싶다
고 그러자. 그러면 엄마와 아빠도 함께 친구 집으로 가게 되

겠지. 그러다보면 어른들끼리도 잘 어울리고 우리는 더 재미있게 친구랑 자주 놀 수 있는 거네.

빈이와 준이는 오늘 처음 만나 친구들과 마치 오랜 시간동안 함께해 온 친구지기처럼 신나게 놀았습니다. 처음 만난 순간, 어색함을 선택하지 않고 재미라는 요소를 함께 만들었던 그 설레임을 간직한 채 따스한 이불속으로 몸을 담습니다.

《내가 니 편이 되어줄게》

여행지에서 먹는 저녁은 정말 맛있는 행복을 안겨줍니다. 여
행에 지쳐있는 몸을 녹여주는 따끈따끈한 저녁을 먹고 나자
마자 준이는 다시 놀이에 돌입합니다. 무슨 놀이냐구요? 준
이가 제일 좋아하는 놀이 중 하나인 악당놀이. 아빠는 언제나
악당이고 빈이와 준이 형제는 언제나 악당을 물리치는 영웅
이 됩니다.

준 악당~! 덤벼라~!

어김없이 달려오는 준이에 맞서 악당 역할을 맡은 아빠는 준
이를 공격합니다. 준이의 달려오는 힘을 역이용하여 준이를

101

단숨에 제압합니다. 악당이 이 정도는 되어야 재밌죠.

준 아~ 아~ 아~ 이게 아닌데...

빈 잠깐만 기다려. 내가 널 구해줄게~! 악당 각오해랏!

혼자 덤비려다 악당에게 붙잡혀 빠져나오지 못하는 준이를 구하러 빈이 형아는 질주합니다. 아무리 시나리오가 영웅이 악당을 물리치는 해피엔딩이라고 하지만 요즘은 악당도 만만치 않다는 것을 아빠는 여실히 보여줍니다. 쉽게 져 주면 재미가 없는 해피엔딩이기에 악당인 아빠도 적당히 최선을 다합니다.

준 형아~ 구해줘. 악당이 힘이 너무 쎄단 말이야! 어떻게 빠져나갈 방법이 없네.

빈 걱정 마~! 내가 니 편이 되어줄게. 악당 덤벼라!

이렇게 같은 편인 형아의 도움을 받아 준이는 무사히 악당의 손아귀에서 벗어납니다. 곧바로 행한 합동 공격에 악당은 여지없이 무너지네요. 이런 악당놀이가 준이는 너무나 재미있습니다.

준 형아~! 우리 또 이겼어. 저 나쁜 악당을 우리가 물리쳤어. 다 형아가 도와준 덕분이야. 정말 고마워. 역시 우리가 힘을 합치니까 힘 쎈 악당도 물리칠 수 있네.

빈 그럼. 내가 니 편이 되면 어떠한 힘 쎈 악당도 물리칠 수 있으니까 걱정 하지마!

준 좋아 좋아! 근데 형아~ 지금은 악당이 아빠 한명인데 어른이 되면 악당이 많을까? 내가 하고 싶은 것 못하게 하는 악당 말이야.

빈 음...악당까지는 잘 모르겠는데, 내가 하고 싶은 것 못하게 하는 것을 악당이라고 한다면 많을지도 몰라. 어른들 중에 자기가 하고 싶은 것 맘껏 하면서 사는 사람들은 그리 많지 않은 것 같다.

준 근데 어른이 되면 형아도 나랑 계속 같이 살수는 없잖아. 아빠랑 삼촌 보니까 함께 살지는 않더라구. 그 때 내가 원하는 것을 못하게 하는 악당이 나타나면 누가 내 편이 되어주지? 형아가 "내가 니 편이 되어줄께"라고 말할 때 힘이 엄청나게 쎄지고 용기가 생겼거든. 그런 사람이 항상 내 곁에 있어줬으면 좋겠는데.

빈 나도 니가 내 편이라고 생각하니까 악당도 물리칠 수 있는 용기가 생기더라구. 니가 그렇게 생각해주니까 너무 든든하고 기분이 좋은데. 어른이 되면 누군가가 또 니 편이 되어주지 않을까? 아빠도 엄마도 할머니도 자기편이 모두 있는 것 같던데. 자세히는 잘 모르겠지만.

준 그렇긴 한데, 엄마와 아빠도 하고 싶은 것을 모두 하고 있지 않는 것을 보면 이를 못하게 하는 악당도 있는 것 같아. 저번에 아빠가 엄마한테 하는 얘기 잠시 들었는데, 무엇이든 하고 싶은 일이 생기면 그것을 방해하려는 뭔가가 다가온대. 그것을 시련이라고 하던가? 하여튼 악당 같은 존재인 것 같아. 그런데도 저렇게 하고 싶은 것들 하나씩 하면서 행복하게 사는 것 보면 분명히 악당을 함께 물리치는 같은 편이 있는 것 같아. 같은 편이 없으면 악당에게 이기는 것이 쉽지 않거든. 나도 형아가 내 편이 되어 주니까 악당을 물리칠 수 있는 거지, 나 혼자라면 아마 힘들었을 거야!

빈 맞아. 내가 어느 책에서 봤는데 사람은 혼자 살 수 없대. 누군가와 함께 도우면서 살아야 하는 존재라고 적혀 있었어. 사실 그 책 읽을 때에는 무슨 말인지 잘 몰랐는데 악당 놀이하면서 너랑 같은 편이 되어 악당을 물리치니까 이제야 이해가 되네. 세상에는 많은 악당들이 있는데 혼자서는 물리치기가 힘드니까 함께 도와가면서 물리쳐야 한다는 의미였어. 니가 말한 그거, 하고 싶은 무엇인가를 시작하려고 하면 그것을 방해하려는 뭔가가 다가오는 그것, 시련 맞아. 시련이라는 악당이 괴롭히면 굉장히 힘들어서 대부분이 하고 싶은 것들을 포기한대. 그래서 대부분의 어른들도 하고 싶은 것을 하지 못하고 산다고 하더라구.

준 역시 책을 많이 읽는 형아 모습이 멋있어 보이더니 생각의 주머니가 엄청 커졌구나! 부럽다 형아. 어떻게 그런 것까지 알아?

빈 더 놀라운 사실 알려줄까? 만화영화를 보면 가장 능력 있는 주인공 옆에는 항상 같은 편이 있어. 악당들도 자기편이 있어서 그런지 주인공 혼자서는 아무리 강해도 못 당하거든. 근데 항상 마지막에 같은 편이 나타나서 힘을 합쳐. 악당들은 절대 꼼짝 못하고 당하지. 같은 편이 있다는 것 상당히 중요한 것 같아.

준 맞아. 내가 악당한테 당하고 있을 때 "내가 니 편이 되어줄께"라고 하는 형아의 말 한마디가 나를 더 강하게 만드는 것 같아. 그 말을 들으면 왠지 힘도 더 쎄지는 것 같고 악당을 물리칠 용기도 갑자기 나오더라구.

빈 그래? 그 말이 너에게 그런 힘을 준거야? 차마 그것까지는 몰랐네. 그냥 니 편이 되어주고 싶어서 했었던 말인데. 그 말이 너에게 힘과 용기를 만들었다니 천만다행이다.

준 나도 친구들에게 니 편이 되어준다는 말을 많이 해야겠어. 이 말이 큰 힘이 되어준다면 못할 이유는 없지. 내가 먼저 친구 편이 되어 준다면 친구들도 내 편이 되어 주겠지?

빈 그럼 당연하지. 누군가가 내 편이라고 생각하면 정말 고맙고 든든하더라구. 함께 같은 편이 되어 어려울 때 서로 도와주고 즐거울 때 함께 즐거워하니까 더 행복해지는 것 같아.

준 형아~! 내가 어른이 되어서도 우리 같은 편 하자. 나도 영원히 형아 편 되어 줄 테니까 형아도 계속 내 편 되어 줄 수 있어?

빈 좋아! 너 오늘 한 약속 잊어버리기 없다. 어떤 일이 있어도, 무슨 일이 생겨도 꼭 내 편 해야 한다. 나한테 덤비지 말고... 같은 편끼리는 덤비는 것 아니니까.

이렇게 영원히 함께 할 내 편을 찾은 빈이와 준이는 어떠한 악당이 나타나더라도 금방 물리칠 것 같은 용기가 치솟아 오릅니다. 살아가면서 어떠한 상황이든 든든한 내 편이 있다는 것, 두 형제는 꼭 어른이 되어보지 않아도 인생을 살아가는데 얼마나 큰 버팀목이 되어 주는지 알게 되었네요.

《바라는 대로 먼저》

준이는 요즘 들어 말수가 부쩍 많아졌습니다. 엄마의 입장에서 '얘가 도대체 어디서 이런 말을 배웠지?' 라는 생각이 들 정도로 준이의 말솜씨는 주위사람들을 놀라게 하기에 충분합니다. 더 많은 사람들과 대화를 섞을수록 준이가 배우는 말솜씨는 상상을 초월하며 경우의 수는 늘어갑니다. 하지만 준이는 다양한 사람들과 말을 하면 할수록 혼란스러움을 더 겪고 있습니다. 이러한 혼란스러움의 정체를 알고자 엄마가 잠든 틈을 놓치지 않고 형아인 빈이에게 살짝 물어봅니다.

준 형아~! 안 피곤해? 난 어젯밤에 푹 자서 그런지 잠이 안와. 엄마는 잘 자는구나. 엄마는 어제 우리한테 맛있는 밥해주느라 많이 피곤했을 거야! 푹 자도록 놔두자.

빈 아마 그럴 거야. 어른들은 조금만 힘들어도 회복이 안 되더라구. 가끔은 우리보다 덩치는 큰데 에너지는 작은 것 같아. 우리는 조금만 자고 일어나도 이렇게 다시 신나게 놀 수 있는데.

준 맞아! 형아, 근데 나 요즘 좀 혼란스러운 것이 있어. 아무리 생각해봐도 나 혼자서는 잘 모르겠어. 형아한테 물어봐도 돼?

빈 그럼 되지. 아무래도 내가 너보다 더 오래 살았으니까 좀 더 많이 알지. 도대체 뭐가 너를 그렇게 혼란스럽게 하니? 이 형아가 모두 해결해 줄게.

준 그래 형아 고마워! 사실 요즘 나도 모르게 말을 많이 하잖아. 예전 아기 때에는 무슨 말을 하고 싶어도 말을 할 줄 몰라서 듣고만 있었는데, 요즘은 나도 모르게 자꾸 말이 하고 싶어지는 것 있지. 엄마랑 아빠, 형아가 하는 말 모두 다 알아 듣겠더라구. 그래서 나도 모르게 자꾸 말을 더하고 싶어지는 것 같아. 말하는 것이 이렇게 재미있는 줄 몰랐었거든.

빈 그래, 너 요즘 정말 말 많더라. 말은 정말 잘하는 것 같아. 너
어디서 말 배웠어?

준 아니, 그냥 말하니까 되던데. 내가 말하니까 다 알아 듣더라
구. 형아는 말하기 배웠어?

빈 아니, 그냥 말했어. 말은 그냥 할 수 있는 건가봐. 조금씩 자
라다 보면.

준 근데 내가 엄마나 아빠에게 말을 하다보면 가끔 엄마가 반말
하지 말고 존댓말 하라고 그러거든? 난 반말과 존댓말이 도
대체 무엇인지 잘 모르겠어. 엄마가 하라는 대로 따라는 하는
데, 언제 반말을 하고 존댓말을 해야 하는지 아직 잘 모르겠
어. 내가 하고 싶은 말을 어떻게 하면 반말이고 어떻게 하면
존댓말인지도 잘 모르겠고.

빈 아~! 반말과 존댓말. 너 이거 혼란스럽구나. 사실 나도 너 만
할 때 정말 혼란스럽더라구. 엄마랑 아빠가 하는 말 그대로

따라 하는데 반말이라고 혼나고, 존댓말하라고 하고. 도대체 이 말을 어떻게 존댓말로 바꿔서 해야 할지 잘 몰랐었거든. 어느 누구도 이 말을 존댓말로 나한테 가르쳐준 사람이 없었어.

준 맞아. 엄마와 아빠는 나한테 반말을 하면서 나보고는 존댓말을 하래. 지금 생각해 보면 내가 지금처럼 말을 잘 할 수 있는 이유는 내 주위의 사람들이 말할 때 입모양 보고, 소리도 들으면서 배운 건데. 나는 사람들이 나한테 했던 말 그대로 따라했을 뿐인데, 왜 엄마는 이것을 잘못 되었다고 할까? 그러면 그 사람들도 잘못한 것 아닌가?

빈 니가 말한 대로 나도 엄마와 아빠, 그리고 선생님들이 말하는 입 모양 보고, 소리 들으면서 배운 것들을 그대로 말했거든. 근데 그게 아니래. 나는 그렇게 얘기하면 안 된다네. 그건 어른들이 하는 반말이고 우리 같은 아이들은 존댓말을 사용해야 한대. '또 다시 다른 말을 배워야 하나?' 라고 생각했었다니까.

준 그런게 어딨어? 어른들이 반말을 하면서 우리한테 존댓말을 하라고? 그게 얼마나 어려운데. 그동안 내가 말을 잘 하게 된 이유도 주위에서 말을 많이 해주니까 빨리 배운 것 같거든. 그런데 반말을 하면서 우리보고 존댓말을 쓰라고 하면 어떻게 알고 사용해야할까?

빈 그건 그래. 어른들이 우리한테 존댓말을 써주면 우리도 자연스럽게 그것을 배울 텐데. 반말이 아니라 존댓말을 쉽게 배울 텐데. 반말을 쓰면서 우리한테는 존댓말을 쓰라고 하면 우리는 누가 말하는 것을 보고 배워야 하지?

준 어른들은 존댓말을 쓰기가 어려운가? 왜 우리한테는 항상 존댓말이 아니라 반말을 쓰는 거지? 이상하게 "~해" "~하지 마" 이런 말 들으니 무섭고 기분이 안 좋아. 어른들이 하는 반말은 대부분 이런 말로 끝나더라구. 가끔은 무슨 말인지는 잘 모르겠지만 이런 말을 할 때 어른들의 표정은 항상 무서워 보여. 말 안 들으면 혼날 것 같기도 하구, 우리한테 화내면서 말하는 것 같아.

빈 가만히 생각해보면 정말 그런 것 같아. 이런 말 하면서 화를 내는 건지, 화가 나서 이런 말 하는 건지는 잘 모르겠지만 아무튼 기분이 나빠. 아무리 어른이라지만 이런 말은 듣기 싫더라구. 이런 말하면서 우리한테는 반말하지 말고 존댓말 하라고 하다니. 너무해.

준 형아 말대로 우리에게 존댓말을 사용하도록 가르치기 위해서는 어른들도 우리에게 존댓말을 사용해야 하는 것 아닌가? 어떻게 반말을 사용하는 어른들을 보면서 존댓말을 배우지? 도대체 누가 어떻게 말하는 것을 듣고 배우라는 것인지 잘 모르겠어.

빈 준이 니 말이 맞아. 내가 걷는 것 배울 때, 킥보드 타는 것 배울 때, 태권도 배울 때도 모두 옆에서 어른들이 걷거나 뛰는 것 보고 배웠고 형들이 태권도 하는 것 보고 금방 배웠거든. 그대로 따라 하니까 금방 배울 수 있겠더라구. 근데 반말하는 어른들한테서 어떻게 존댓말을 배워야 하지? 나도 도대체 잘 모르겠다.

준 근데 형아~! 나 요즘 존댓말 정말 많이 배웠어. 어느 순간부터 엄마와 아빠가 나한테 존댓말을 사용하기 시작하는 거야. 사실 처음에는 반말인지 존댓말인지 몰랐었는데, 내가 반말을 사용하면 엄마는 항상 다시 존댓말로 바꾸어서 말하라고 했었거든. 근데 어느 순간 그런 말을 안 하는 거야. 그 때 알 았지. 내가 방금 했던 말이 존댓말이었다는 것을. 그리고 엄 마가 반말할 때랑 존댓말 할 때 나를 보는 눈빛이 달랐어. 얼 굴 표정도 많이 다르고. 이제는 엄마가 나한테 반말하는지 존 댓말 하는지 얼굴표정만 봐도 알 수 있어.

빈 엄마와 아빠는 드디어 안 것 같아. 너와 내가 지금까지 해 온 말의 의미를. 어른들이 반말하면서 아이들에게 존댓말을 하 라고 하는 것이 얼마나 이상한지. 그래서 우리한테도 존댓말 을 사용하기 시작한 거야. 내 생각에는 그래. 이렇게 엄마와 아빠한테 존댓말을 들으니 나도 모르게 기분이 좋아졌어. 자 연스럽게 웃게 되고 말을 더 잘 듣게 되더라구. 엄마와 아빠 말을 더 잘 듣고 싶어졌거든. 정말 이상해.

준 그러게. 반말을 들을 때보다 더 말을 잘 따르게 되고, 기분도 좋아졌어. 내가 존댓말을 사용하니까 엄마와 아빠도 자연스 럽게 존댓말을 더 많이 사용해주고 나도 또 존댓말을 사용하 고 싶고. 이거 뭐지?

빈 상대방이 잘 대해주면 나도 상대방에게 잘 대해주고 싶은 마음이 드는 거야. 바꾸어 말하면 상대방에게 잘 대우받고 싶으면 내가 먼저 잘 대해주면 되는 거구.

준 아! 형아 말대로라면, 아이에게 존댓말을 듣고 싶으면 어른부터 존댓말을 써야 하는 거네. 아이에게 존댓말을 가르치고 싶으면 어른부터 존댓말을 써야 하는 거구. 맞아?

빈 와우~! 우리 동생 정말 똑똑한데. 어떻게 이 형아가 하는 말을 그렇게 잘 알아 듣냐? 내가 이래서 우리 동생하고 얘기하는 것 좋아한다니까. 하기야 내가 누구나 쉽게 이해하도록 잘 얘기하는 것도 있지만.

준 맞아. 형아는 누구나 잘 이해하도록 쉽게 얘기를 해줘. 그래서 내가 금방 알아차릴 수 있지. 형아 멋져. 그리고 고마워.

빈 뭘~! 그렇게 말해주니까 내가 더 고맙네.

준 형아~! 나도 형아 칭찬해줬으니까 형아도 나 칭찬해줘야지. 우리가 말한 게 바로 이거잖아. 칭찬받고 싶으면 상대방을 먼저 칭찬하라는 것.

빈 그래그래. 우리 동생, 형아 말을 정말 잘 흡수하네. 응용까지. 한 개를 가르치면 열을 알아. 이제 도착지에 도착할 시간이 네. 네비게이션에 도착 1분이라고 나오는 걸. 엄마도 곧 잠에 서 깨겠다. 준아~! 알지? 우리가 지금까지 말한 내용들 지금 부터 엄마랑 아빠한테 실천해보자. 마구마구 존댓말 쓰면서 칭찬해 보자구.

빈이와 준이 형제는 자신들에게 반말을 하면서 존댓말을 사용하라고 하는 어른들이 이해가 잘 되지 않습니다. 어른들이 말하는 것을 보고 따라하면서 말을 배워 왔는데, 갑자기 어른 들이 사용하지 않는 존댓말을 사용하라고 하면 누구에게 배 워야 할지 혼란을 겪습니다. 자신들에게 존댓말을 사용하며 이러한 혼란스러움을 조금이나마 해결해 준 엄마와 아빠에 게 고마움을 느낍니다. 동시에 예전과는 다르게 자신들도 자 연스럽게 누구에게나 존댓말을 사용하고 있다는 사실을 알 게 됩니다.

《미안함을 감동으로》

빈이와 준이는 세살 터울의 남자아이로, 친할 때는 한없이 친합니다. 하지만 싸울 때는 서로에게 절대로 지지 않으려고 치열하게 싸웁니다. 물론 빈이네 집에는 규율이 있습니다. 싸우게 되면 이유 불문하고, 누가 먼저 시작했는지와 상관없이 서로를 안아주며 "미안해"라고 사과를 해야 합니다. 이를 하지 않으면 누가 잘 했던 잘못 했던 엄마에게 심하게 혼납니다. 어제 저녁에 같은 장난감을 서로 차지하겠다며 심하게 싸우다가 빈이와 준이는 엄마에게 심하게 혼나며 규율을 적용받았습니다. 동생 준이는 "미안해" 한마디에 마무리 된 반면에 형아 빈이는 이 말을 하지 않아 엄마에게 더 심하게 혼났습니다. 이 상황을 두고 빈이와 준이의 또 다른 논쟁이 시작되네요.

빈 너 때문에 어제 엄마에게 혼났잖아. 그 장난감 분명히 형아
   꺼라 했다.

준 내가 먼저 가지고 놀았잖아. 먼저 가지고 노는데 왜 뺏어?

빈 원래 내 것인데, 니가 먼저 가지고 논다고 해서 니 것은 아니
   지. 다음부터 그러면 너 혼난다. 달라고 그러면 빨리 줘야지.

준 그래서 내가 미안하다고 했잖아. 근데 형아는 왜 미안하다고
   안했어? 그러다가 엄마한테 많이 혼나던데.

빈 니가 잘못했는데 왜 내가 미안해야해. 나는 그게 도저히 이해
   가 안가. 잘못한 사람이 미안하다고 말해야 하는데 왜 엄마는
   우리 둘 모두에게 서로를 안아주며 "미안해"라고 말해야 한
   다고 하는지. 난 그게 억울하단 말이야.

준 사실 나도 가끔은 그게 이해가 안 가긴 해. 내가 잘못한 것도
   아닌데 "미안해"라고 말하기가 좀 억울하기도 하거든. 근데

예전에 형아가 미안해라고 말 안했다가 심하게 혼나는 것 봤어. 잘못했던 것 보다 더 심하게 혼나더라구. 그후로 나는 바로 "미안해"라고 말하고 안아주기로 했어. 엄마가 더 화나기 전에.

빈 넌 잘못도 안 했는데 "미안해"라고 말하면 화가 더 안나? 난 억울해서 화가 더 나던데. 내가 왜 "미안해"해야 하는지 모르겠어.

준 형아 말도 맞긴 한데 그러면 엄마한테 더 혼날 거야. 차라리 미안하지는 않지만 "미안해"라고 빨리 말하는 게 더 좋더라구. 엄마한테 혼나지도 않고.

빈 그게 잘 안 돼. 넌 잘돼?

준 응. 그냥 안아주고 "미안해"라고 말하면 되는걸. 어려운 것은 아닌 것 같아. 그리고 신기한 것은 말하고 나니까 화난 기분이 금방 사라지던데. 거기다가 형아가 나를 안아주며 미안하다고 말해주니까 너무 감동이었어. "미안해"하며 안아준 형아가 갑자기 고마워지는 것 있지.

빈 그래? 내가 고마웠다고? 그건 몰랐어. 가만히 생각해보면 항상 니가 먼저 "미안해"하고 나를 안아주잖아. 그럴 때 마다 내가 너한테 더 미안해 지더라구. 이상해. 분명 내가 잘못한 것은 없다고 생각했었는데 니가 그렇게 말하니까 내가 왜 더 미안해지지? 그리고 고마웠어. 이상한 감정이야. 이 감정.

준 맞지? 이상해 이 감정. 미안하다는 말을 들으니 내가 왜 더 미안할까? 고맙기도 하고. 왜 이런지는 아직 잘 이해가 되지 않지만, 엄마는 이런 이유 때문에 우리가 싸우면 서로를 안아주고 "미안해"라고 사과하라고 하는 것은 아닐까?

빈 아마 그럴지도 모르지. 엄마는 우리보다 훨씬 많이 알 테니까. 나중에 한번 물어봐야겠다. 왜 이렇게 해야 하는지는 꼭 알고 싶었거든. 내가 알면 너한테 알려 줄께.

준 그래 형아! 고마워. 예전에 엄마가 책을 읽어주었는데 그 책에서 그러더라구. 상대방에게 미안하다고 먼저 말하면 그 사람에게 감동을 주는 거래. 엄마가 책을 읽어줄 때에는 전혀 이해가 안 갔었거든. 미안하다고 말하는 것이 왜 감동을 주는지도 잘 몰랐었고. 사실 아직도 잘 모르겠어 "미안해"라고 말하는 것이 그렇게 좋은 건가? 감동은 좋은 것을 주었을 때 생기는 것 아닌가?

빈 감동은 누군가가 좋은 것을 나에게 주었을 때 생기는 것이 맞지. 난 산타할아버지가 크리스마스 때 내가 좋아하는 장난감을 양말주머니에 넣고 가면 완전 감동이더라구. 아빠가 내가 정말 갖고 싶어 하는 장난감 사 줄때에도 완전 감동이었어. 넌 언제 감동이었어?

준 나도 형이랑 비슷해. 진짜 좋아하는 장난감 사 줄때랑 내가 정말 먹고 싶어 하는 요리 해줄 때. 감동이란 이럴 때 생기는 것 같았는데, 신기하게도 "미안해"하면서 안아주니까 장난감 사 줄때보다 더 감동이었어. "미안해"라는 말이 장난감보다 더 좋은 건가?

빈 너 혹시 나랑 싸울 때 이런 생각했었어? '형아가 먼저 미안해라고 말하면서 날 안아줬으면 좋겠다'

준 어. 어떻게 알았지? 가끔 그런 생각이 들긴 해. 싸울 때는 형아한테 화가 났지만 싸우고 난 뒤에는 형아가 먼저 "미안해"

하며 날 안아줬으면 좋겠더라구. 그러면 형아랑 다시 친하게
놀 수 있잖아!

빈 그렇구나! 어쩌면 "미안해"라고 먼저 말하고 안아주는 것이
니가 바라는 것이어서 내가 그렇게 해주면 니가 감동을 받는
것이 아닐까? 니가 원하는 것을 주었으니까. 마치 니가 원하
는 음식을 엄마가 요리 해 주었을 때처럼.

준 그러고 보니 그렇네. 그 순간 내가 원하는 것은 장난감이 아
니라 형아가 먼저 미안하다고 말하며 안아주는 것이었어. 그
것을 해주니 내가 감동을 받을 수밖에 없지. 형아도 나랑 똑
같지?

빈 응. 나도 너랑 똑같은 마음이었어. 싸우거나 사이가 안 좋아
졌을 때 상대방이 먼저 다가와서 "미안해"하면서 안아주면
얼마나 좋을까라는 생각 많이 했었거든. 그러면 먼저 다가온
그 사람을 통해 내가 감동을 받고 오히려 더 미안해지더라구.

준 미안함을 감동으로 바꾸는 방법, 쉽네! 그냥 미안하다고 먼저
말해주고 한번 안아주면 되는 거잖아. 그러면 화가 난 마음이

감동으로 바뀌는 거잖아. 이제야 엄마가 왜 우리에게 이렇게 하라고 했는지 알겠다. 엄마 완전 센스 있네.

집의 규율을 확실히 익히고 이를 철저히 실행에 옮기는 엄마를 이해한 빈이와 준이. 미안함을 감동으로 바꾸어 예전보다 더 가까운 인연을 이어가는 방법이 바로 이 간단한 말과 행동에 있었다는 사실을 알게 됩니다. 빈이와 준이는 앞으로도 가끔 싸우겠지만 이럴 때 마다 화난 감정을 오히려 감동으로 바꾸어 나가며 더 가까운 사이가 되리라 생각됩니다.

《내 맘대로 좋아하는 짝사랑》

빈 준아~! 너 어린이 집에서 좋아하는 친구 있어? 이름 뭐야?

준 좋아하는 친구? 있지. 이름? 진희.

빈 여자 친구야?

준 응, 그런데 형아 그건 왜 물어?

빈 너 혹시 그 친구 짝사랑 하는 거야?

준 짝사랑? 그게 뭐야? 난 그냥 그 친구가 좋은데.

빈 짝사랑 몰라? 그 친구도 널 좋아해?

준 날 좋아하냐구? 음... 그런 것 같아. 나랑 잘 놀거든. 나 안 좋
   아하면 나랑 재미있게 놀리는 없잖아.

빈 그러면 짝사랑은 아닌 것 같아.

준 근데 형아~ 짝사랑이 도대체 뭐야?

빈 짝사랑? 니가 그 친구를 좋아하는데 그 친구가 너를 좋아하
   지 않으면 그게 짝사랑이야. 니가 그 친구를 짝사랑하는 거라
   고.

준 그렇구나...그러면 짝사랑은 안 좋은 건가? 내가 좋아서 함께
   놀고 싶어 하는데 그 친구가 안 놀아주면 싫잖아. 내가 함께
   놀고 싶으면 그 친구도 함께 놀아 주는 게 좋은 건데.

빈 그건 그래. 내가 좋아하면 그 친구도 나를 좋아해주고, 내가
   잘 해주면 그 친구도 나에게 잘 해주고...이런 사랑이 좋은 사
   랑인 것 같긴 한데.

준 내가 그 친구를 좋아하는지는 알 것 같은데, 그 친구가 나를 좋아하는지는 어떻게 알지? 같이 놀더라도 안 좋아할 수도 있잖아. 나 지금 짝사랑하는 거 맞나?

빈 가만...하기야 그게 좀 어렵긴 해. 직접 물어봐야 하나? 나는 널 좋아하는데 너도 날 좋아하냐고?

준 그러면 알겠지만...일단은 내가 그 친구를 짝사랑하는 것은 맞네. 아직은 그 친구가 나를 좋아하는지는 모르니까. 그래도 좋은데. 내가 좋아하는 친구가 있다는 사실 자체가 너무 좋은 걸.

빈 니가 말한 대로 나는 상대방을 좋아하는데 상대방이 나를 좋아하는 지는 잘 모르니까 일단 짝사랑 인가봐. 모든 사람들이 처음에는 상대방이 나를 좋아하는지 모르고 그 사람을 좋아하잖아. 좋아하는 순간 모두 짝사랑이네.

준 그렇구나. 형아~! 저번 명절에 어른들이 모여 얘기할 때 살짝 들었는데 짝사랑은 슬프다고 하더라. 혼자만 좋아하는 거니까.

빈 짝사랑은 슬프다? 상대방이 나를 좋아하는지 안 하는지 모른 채 나만 그 사람을 좋아하니까...마음이 좀 아플 수도 있겠다. 나도 너 태어났을 때 마음이 좀 아팠거든.

준 내가 태어났을 때 마음이 아팠다고? 왜? 무슨 일 있었어? 엄마한테 혼났구나.

빈 좀 비슷하기 한데, 아니거든. 나는 엄마를 너무 사랑해서 안 아줬으면 하고 기다렸는데 엄마는 그런 나보다는 너를 먼저 자주 안아 주더라구. 순간 이런 생각이 들었지. '나만 엄마를 사랑하나? 엄마는 나를 사랑하지 않나?' 이런 생각이 드니까 마음이 아프고 속상했어.

준 아~ 그런 일이 있었구나. 그 때 형아가 나 살짝 싫어했을 수도 있겠다. 엄마가 형아를 안아주지 않고 좋아해주지 않은 이유가 나 때문이라고 생각 했을 테니까.

빈 그렇지는 않아. 나도 동생이 태어나니까 너무 좋았어. 너 아기였을 때 정말 귀여웠거든. 근데 내가 좋아하는 엄마가 나를 안 좋아하는 것 같다고 생각하니까 그것이 너무 슬펐지.

준 그래서 어떻게 했어? 형아도 엄마 안 좋아하기로 한 거야?

빈 아니, 그건 아니고...좋아하는데 어떻게 안 좋아할 수가 있니? 그건 안 되더라구. 엄마를 계속 좋아했지. 니가 어느 정도 크고 나니까 다시 엄마는 나를 안아주고 좋아해 줬어. 사실은 엄마가 날 안 좋아한 것이 아니고 너가 아기니까 더 많이 보살펴 준거야.

준 아~ 그랬구나.

빈 사실 그 때는 '내가 얼마나 엄마를 좋아하는데, 엄마는 날 안 좋아해주고...' 이런 불만이 있었어. 그래서 엄마를 안 좋아하려고도 했었지. 나중에 그것이 아니라는 것을 알고 얼마나 다행이라고 생각했는지 몰라.

준 짝사랑 얘기하다가 이런 얘기까지 하네. 형아한테 살짝 미안하기도 하고. 형아 근데 나는 누구를 좋아하는 감정이 그냥 좋아. 물론 그 사람이 나를 좋아해주면 더 좋겠지만...그 친구가 나를 좋아하는데 내가 그 친구를 안 좋아하는 것보다, 그 친구가 나를 안 좋아하더라도 내가 그 친구를 좋아하는 감정

128
아는 것을 알고 있다면

이 더 좋아. 왜 그런지는 잘 모르겠지만...

빈 누군가를 안 좋아하는 감정보다 좋아하는 감정이 더 좋아서 그런 것일 거야. 그 누군가가 나를 좋아해주든 아니든...그런 것보다는 내가 좋아하고 안 좋아하고 하는 그 감정이 나에게는 더 소중한 것이니까.

준 맞아. 그러고 보면 한 쪽에서 더 좋아해 주는 경우가 더 많은 것 같아. 나무도 더운 날 우리에게 시원한 그늘을 만들어주잖아. 그렇다고 우리가 나무에게 밥을 주는 것도 아닌데. 햇님은 항상 따뜻하고 밝게 우리를 비춰주고 하늘에서 내려오는 비는 아무조건 없이 내려 초록이들과 우리들이 더 잘 자라게 해주고. 우리가 특별히 하늘과 햇님에게 잘 해 준 것도 없는데.

빈 맞아 맞아. 니 말이 정확하게 맞네. 나무, 햇님, 비 모두 주는 게 좋은가봐. 우리는 아무것도 그들에게 주는 것이 없는데도 이렇게 맘껏 주는 것을 보면. 아마도 받기를 원했다면 이렇게 무한히 주지는 못했을 거야. 나무, 햇님, 비는 우리에게 더 소중한 존재가 되어 가나봐. 아무 조건 없이 무한히 내어주니까.

준 나 가끔은 내가 원하는 장난감을 형아가 가지고 안 주면 화나거든. 나는 분명히 형아가 달라고 했을 때 아무렇지 않게 줬는데 형아는 안주니까 화가 나더라고. 근데 이제는 화 안낼게. 내가 줬으니까 형아도 줘야한다는 것 자체가 내 욕심이라는 생각이 들어. 나는 내가 주고 싶어서 준 거지, 형아가 나중에 나한테 줘야하기 때문에 준 것이라고는 생각 안 해. 준 것은 준 것으로 끝내야지, 줬으니까 받아야 한다고 생각하면 나만 화날 것 같아.

빈 그런 적이 있었어? 난 몰랐네. 준아, 미안해. 담부터는 내가 먼저 줄게. 니가 무엇을 주는 것과는 상관없이 내가 먼저 내어줄게. 이제는 알았으니까. 주고받고자 할 때 보다, 그냥 주고 잊을 때가 더 기분이 좋아진다는 사실을.

준 형아가 처음에 나한테 물었던 짝사랑. 참 좋다. 내 맘대로 좋아하는 사랑이잖아. 그 친구가 나를 좋아하든 안 좋아하든 아무런 상관없이 내 맘대로...기분도 엄청 좋아지는 그런 사랑이네. 이제 짝사랑을 많이 해야겠다. 내 맘대로 하면서 이렇게 기분 좋아지는 사랑이라면 얼마든지 할 수 있을 것 같아.

빈 그건 나도 같은 생각이야. 모든 사랑은 짝사랑으로 시작되기에 너무나 소중한것 같아. 누군가를 좋아한다는 것만으로도 무한한 행복을 느끼게 해주는 짝사랑이라면 얼마든지 할 수 있을 것 같아. 짝사랑이 진짜 사랑인 것만은 확실해. 아무것도 바라지 않고 그저 좋아하는 감정만으로도 나 자신이 무한히 행복해지는 그런 사랑.

아직 사랑의 참뜻을 알기에는 어린 나이의 두 형제이지만, 바라지 않고 내어주는 것이 얼마나 행복한지를 정확히 알고 있네요. 바라는 것이 많을수록 욕심이 생기며 사랑과는 점점 거리가 멀어져 결국은 좋지 않은 결말을 맺는다는 사실을 우리는 너무나 잘 알고 있습니다. 아무것도 바라지 않고 내어주는 사랑, 짝사랑이 가진 진정한 가치가 아닐까요. 짝사랑을 많이 할수록 더 많은 행복이 주위에 가득 채워질 것입니다.

08

《깨끗한 물로 채우자》

준 형아~! 이제 물 부으면 돼. 내가 여기서 기다릴께.

오랜만에 바닷가에 발을 담그더니 이내 넓은 모래사장에 근사한 성을 짓습니다. 성안을 통과하는 길도 만들고 물웅덩이를 만들어 성벽을 둥그렇게 둘러싼 물길을 연결합니다. 커다란 물웅덩이를 준이가 굳건히 지키고 있는 동안 빈이 형아는 얼른 바닷물을 퍼다 나릅니다. 준이는 형아가 물길을 따라 물을 따라 주기만을 손꼽아 기다립니다.

빈 준아~ 준비해. 간다~

빈이 형아가 따라준 물들은 물길따라 흘러 준이가 굳건히 지키고 있는 물웅덩이를 가득 채웁니다.

준 어~ 뭐야? 물이 왜 이래? 왜 이렇게 흙탕물이 물웅덩이에 가득 채워 진거야? 형아가 떠 온 물은 분명히 투명하고 맑은 물이었는데...

맑고 맑은 물이 물길을 통해 물웅덩이까지 흘러들어오길 바랬던 준이의 얼굴이 금새 어두워집니다. 웅덩이에 채워진 물이 흙으로 한껏 더러워진 물이라는 것을 알게 된 준이는 그리 반갑지가 않네요.

빈 그러네. 내가 바다에서 퍼 온 물은 분명히 깨끗해보였는데. 흙은 섞여있지 않았는데 왜 이렇게 흙탕물로 변해버렸지?

준 형아~ 뭐야? 혹시 흙탕물 퍼온 것 아니야? 그렇지 않고서는 이렇게 더러운 물이 웅덩이에 채워질 리가 없잖아.

빈 아니야. 내가 퍼 온 물은 분명히 깨끗하고 투명한 물이었단 말이야. 나도 왜 이렇게 되었는지 잘 모르겠어. 혹시 물웅덩이에 더러운 뭔가가 있었던 것 아니야?

준 아니야. 혹시 물웅덩이에 더러운 쓰레기가 들어 갈까봐 내가 여기서 얼마나 잘 지키고 있었는데...물웅덩이는 더러운 것 하나 없이 정말 깨끗했어.

빈 그래? 가만... 아 알겠다. 맑은 물을 부었는데 왜 이렇게 더러운 물이 웅덩이에 가득 채워지게 되었는지 이제야 알겠어.

준 정말? 왜 그렇게 된 거야? 형아가 처음에 떠 왔었던 바닷물은 분명히 깨끗한 물이었어. 형아가 붓기 전에 나도 봤어.

빈 그래 맞아. 내가 바다에서 떠 온 물이 맑은 물이었다는 것은 확실해. 지금 저렇게 바닷물이 깨끗한 것만 봐도 알 수 있거든 그런데 이 물이 모래에 닿자마자 흙들이 섞이더니 물웅덩이에 도착했을 때에는 이미 흙탕물이 되어 버린 상태였지. 결국 더러운 물이 된 거야.

준 저기에서 여기까지 연결되어 있는 물길이 흙으로 되어 있어서?

빈 그래. 잘 봐. 내가 한 번 더 해 볼게.

빈이는 얼른 가서 바닷물을 한 바가지 떠오더니 흙탕물이 모두 스며든 물웅덩이에 바로 부어버립니다. 물길을 거치지 않고. 부어진 바닷물은 깨끗함을 유지한 채 어느새 물웅덩이를 가득 채워나가기 시작합니다.

준 오~ 맞네. 형아가 물길을 거치지 않고 여기에 바로 부으니까 떠 온 물 그대로 깨끗한 물이 채워지네.

빈 봐~ 내 말이 맞지? 결국 처음에 웅덩이에 가득 채워진 더러운 물은, 물길을 따라 오면서 흙탕물이 되어 웅덩이에 채워진 것이지 웅덩이가 더러운 것은 아니었어. 내가 부은 물도 깨끗했고 니가 지키고 있었던 웅덩이도 깨끗했어. 단지 물길 따라 오면서 더러워진 물이 웅덩이에 채워진 것 뿐이야.

준 그지? 더러운 물이 흘러와서 웅덩이가 더러운 물로 가득 채워진 거지, 처음부터 웅덩이가 더러워서 물이 더러워진 것이 아니라.

빈 그래, 조금 전에는 미안했어. 웅덩이가 처음부터 더러웠다는 말.

준 괜찮아. 형아가 충분히 그렇게 생각할 수도 있지. 솔직히 형아가 그렇게 말했을 때 '정말 웅덩이가 더러웠었나?' 라는 생각을 잠시 했었거든. 휴~ 다행이다.

빈 사실 더러워진 물이 있는 웅덩이에 깨끗한 물을 부으면 더 깨끗해지지, 더 더러워지지는 않는 것 같아. 깨끗한 물로 인해 더러운 물이 깨끗하게 되는 것 같아.

준 형아 그러면 처음부터 깨끗한 물을 웅덩이에 부우면 계속 깨끗한 물이겠다. 그치?

빈 응 맞아. 깨끗한 물을 부으면 깨끗한 물로 채워져. 반면에 더러운 물을 부으면 더러운 물로 채워지고. 그건 너무나 간단해.

준 우와~ 우리 마음과 똑같네.

빈 우리 마음과 똑같다고?

준 응~! 우리 마음도 들어오는 것에 따라 깨끗해지고 더러워지는 것 같아. 엄마 한테 혼나면 내 마음도 힘들어져. 마치 더러운 물이 내 마음에 채워진 것처럼. 그런데 엄마가 사랑한다고 칭찬해주면 내 마음도 가벼워지고 기분이 좋아져. 내 마음의 물이 다시 깨끗해진 것 같은 느낌이 들어.

빈 마음이 힘들어할 때 사랑한다고 말해주면 기분이 더 좋아지고?

준 그래. 맞아. 우리 마음에도 무엇을 붓느냐에 따라 마음의 상태가 달라지나봐.

빈 내가 얘기하나 해 줄까? 우리 몸 안에 물이 얼마나 들어 있는 줄 알아?

준 우리 몸 안에 물이 들어있어? 누가 언제 부은 물이야?

빈 너가 시도 때도 없이 부어 넣고 있잖아. 조금 전에도 물 마시던데.

준 아~ 그렇게 물을 마시면 우리 몸에 채워지는 거야?

빈 아마 그런가봐.

준 그렇다면...음...나는 물을 좋아하니까...온 몸이 물로 가득 채워져 있겠다. 둥그런 이 배에 물이 가득차 있나? 한번 씩 출렁이면서 물소리가 들리는 것 같기도 해.

빈 그런가? 하여튼 우리 몸의 대부분이 물로 차 있는 것만은 맞는 것 같아. 근데 정말 신기한 것은 물은 모양이 변한다고 해.

준 물이 모양이 변한다고? 내가 보기에는 모양이 똑같은데. 단지 깨끗한지 더러운지 차이만 보이던데.

빈 그래, 내가 봐도 모양이 변하는 줄은 잘 모르겠는데... 하여튼 변한다고 해.

준 그래? 왜 변해? 어떨 때 변하는데?

빈 내가 읽은 책에 의하면 말에 의해서도 모양이 막 바뀐데. '사랑한다'는 말처럼 좋은 말을 하면 예쁜 천사 모양으로 변하고, '싫어'와 같이 나쁜 말을 하면 악마처럼 변한다고 해.

준 우와~ 정말 신기하다. 말만 했을 뿐인데도 그렇게 마구 변신할 수 있는거야?

빈 그럼. 근데 더 중요한 것은... 조금 전에 우리 몸이 엄청나게 많은 물로 가득 채워져 있다고 했잖아. 여기에 비밀이 숨겨져 있어. 좋은 말을 들으면 기분이 엄청 좋아지고 혼나면 마음이 힘들어지는 비밀이.

준 거기에 비밀이 숨겨져 있다고? 그게 무슨 말이야? 어서 알려주라. 너무 궁금해.

빈 자~ 지금부터 내가 하는 말 잘 들어. 두 귀 쫑긋 세우고. 물웅덩이에 깨끗한 물을 부으면 깨끗한 물로 가득 채워졌고 더러운 물을 부면 더러운 물로 가득 찼었지. 조금 전에 말했던 것처럼 우리 몸의 대부분은 물로 이루어져 있어. 이런 상태에서 좋은 말을 들으면 물이 아주 예쁜 모양으로 바뀌어 우리 마음이 예뻐지고 기분 좋아진다는 거야. 반면에 혼나고 나쁜 말을 들으면 물이 악마 모양으로 바뀌어 우리 마음이 힘들어지는 거구.

준 웅덩이에 들어가는 물이 어떠냐에 따라 채워지는 물의 깨끗함이 다르게 되는 것처럼, 우리 몸에 어떠한 말을 넣느냐에 따라 몸 안 물의 모양이 바뀌고 마음도 달라지는 거네.

빈 우리 준이 다 이해했구나. 역시 넌 이해가 빨라. 내가 설명을 잘 하는 건가? 우리 마음에 좋은 말을 부으면 물의 모양이 예쁘게 변해서 기분도 좋아지고 마음이 더 깨끗해지지. 반대로 혼나거나 나쁜 말을 부으면 물의 모양이 악마로 변해 마음은 더러워져. 마음이 힘들어하고 기분이 나빠지게 되고.

준 형아~ 나 이제부터 형아랑 친구들에게 좋은 말만 할래. 맑은 물이 형아랑 친구들 몸에 있었으면 좋겠어. 마치 웅덩이가 맑은 물로 가득 채워지는 것처럼.

빈 그러자 준아~ 나도 이제 모든 사람들에게 좋은 말만 하겠어. 그 사람들의 몸을 맑고 깨끗한 물로 가득 채워버릴 거야.

넓고 넓은 바닷가 모래사장에 웅대한(?) 성을 쌓아 재미난 놀이를 즐기는 도중, 웅덩이에 깨끗한 물을 부으면 깨끗해지고, 더러운 물을 부으면 더러워진다는 지극히 단순한 사실을 알게 됩니다. 물로 가득한 우리 몸에도 좋은 말을 하면 예쁜 모양의 물이 되어 마음이 깨끗해지게 됨을, 나쁜 말은 물의 모양을 악마처럼 바꾸어 마음을 힘들게 한다는 사실을 깨달아 갑니다. 지금부터는 누군가의 몸에 깨끗한 물을 부어줘야겠다는 다짐을 하며, 두 형제는 두 손과 발아래 모래를 툭툭 털고 엄마가 마련해 둔 맛있는 저녁을 먹으러 갑니다.

> 66
>
> 빈이와 준이 형제는 자신들의
> 눈에 달라 보이는 것들을 같은 것으로만
> 묶으려는 어른들의 시도가 야속하기만 합니다.
> 왜 같아야 되는지에 대한
> 어떠한 말 한마디도 없이 같게만 만들려는 것은
> 재미가 없어 보입니다.
>
> 99

CHAPTER

03

다르게 다르게

3장

빈이와 준이는 여느 아이들처럼 장난감
놀이에 푹 빠져 있습니다.
특히 새로운 장난감이 집으로 오는 날에는
기존에 사랑받던 장난감들은 모두 뒤로 밀려나버립니다.
새로운 장난감을 가지고 놀기를 바라는
그 마음이 고스란히 표현됩니다.

《한발 물러서서》

준 앗~! 여기도 아니네. 도대체 어디로 가야하는거야. 여기 가도 막혀 있고 저기 가도 막혀 있네.

빈 도대체 어느 방향으로 가야 나갈 수 있는 거지? 여기는 조금 전에 왔던 곳 같은데. 아~ 헷갈려. 너무 힘들다.

작고 작은 이마에 쏟아지는 땀줄기는 마치 거대한 폭포처럼 느껴집니다. 빈이와 준이 두 형제는 오늘 아침 도착한 미로 놀이 공원에서 헤어나지 못하고 출구를 찾아 헤매입니다. 입구는 있으나 출구는 없는 미로에서 출구를 찾으라고 하니 그들은 서서히 재미를 잃어가네요. 생각 같아서는 담을 타넘거나 담을 뚫어버리고 나가고 싶지만 두 형제의 앞을 가로막고 있는 담도 그리 호락호락해 보이지는 않습니다.

준 조금 전에 이 미로에 들어올 때 봤던 그림에는 분명히 출구가 있었는데. 이리로 가면 출구가 나온다고 적혀 있어서 이 방향으로 왔는데, 왜 나가는 문이 안 보이는 거지? 그 그림이 거짓말 하는 것 같아.

빈 그림이 거짓말 하는 것은 아닐 거야. 우리가 들어올 때 함께 들어왔던 사람들이 엄청 많았는데 지금 보니까 많이 없어. 모두 출구를 찾아서 나간 것 같은데.

준 근데 우리는 왜 출구를 찾지 못하는걸까? 혹시 그 사람들이 들어왔던 길로 다시 나간 것은 아닐까? 형아 우리도 들어왔던 길로 돌아서 나갈까? 아무도 보지 않잖아. 아~ 다리 아파서 도저히 더 이상 못 가겠어.

빈 뒤로 돌아서 입구로 나가 자구? 입구는 나가는 길이 아니라 들어오는 길인데. 너 입구로 나가도 후회하지 않겠어? 근데 들어왔던 입구 찾아가는 길도 어려울 것 같아. 기억이 안 난

단 말이야.

준 그냥 너무 힘들어서 해 본 소리야. 솔직히 들어왔던 입구까지 가는 것이 더 힘들 것 같아. 온통 벽들이 막고 있잖아. 그리고 이왕 들어온 것 출구로 나가야 멋있지. 출구로 나가서 엄마와 아빠한테 자랑할 거야.

빈 역시 내 동생은 멋있는 것이 뭔지를 아네. 입구로 들어왔으면 출구로 나가야지. 그럼, 당연하지...근데 나가는 출구를 찾을 수 있을까? 혹시 출구도 막혀 있는 것은 아닐까?

준 나도 그게 좀 걱정이 되긴 해. 이러다가 계속 이 미로에만 머물게 되는 것은 아닌지 걱정 된단 말이야. 조금 전에 오다보니까 재미있는 놀이기구도 엄청 많던데. 나 그 놀이기구를 무지 타고 싶거든.

빈 근데 엄마 어디 갔어? 아빠는? 우리하고 같이 들어오지 않았나?

준 엄마는 우리하고 같이 들어왔었는데...분명히 내 손 잡고 들어오긴 했는데...어디 있지? 엄마도 길을 잃어버린 것 같아. 안 보여. 분명한 것은 아빠는 안 들어왔어. 아이스크림 사먹는다고 저 위에 있는 매점으로 가는 것을 내가 봤거든. 어~ 저기 아빠 있다. 저 위에서 우릴 보고 있는데. 형아 보여?

빈 어디 어디? 아~ 맞네. 아빠는 안 들어왔구나. 아빠 너무해. 그런데 아빠가 우리한테 손짓으로 어딘가를 가리키는데, 뭐지?

준 손으로 가리키는 방향으로 가라고 하는 것 같은데. 가야 하나? 안 가야 하나? 도대체 어디로 가라고 하는 건지 알아야지. 너무 멀어서 아빠가 외치는 소리도 안 들리고. 아이~ 답답해.

빈 일단 아빠가 가리키는 방향으로 한번 가볼까? 아빠가 이 미로에 한번 들어와 봤을 수도 있잖아. 그렇다면 아빠가 입구에서 출구로 가는 길을 알고 있을지도 몰라. 우리한테 출구로 가는 길을 가리켜주려고 하는 것 같은데.

준 그래 그러자. 지금 이 미로를 빠져나갈 수 있는 유일한 방법은 그 방법밖에 없는 것 같아. 아빠가 가리키는 방향 잘 보고 따라가보자.

멀리서 손짓과 발짓을 섞어가며 어딘가를 가리키고 있는 아빠의 손끝을 따라 두 형제는 빠져나오지 못할 것 같은 미로를 무사히 나옵니다. 다시는 들어가고 싶지 않은 미로처럼 둘은 뒤도 돌아보지 않고 저 높은 언덕에 서 있는 아빠를 향해 달려갑니다.

준 아빠~! 나도 아이스크림 주세요. 저 미로를 빠져나오느라 너무 더워요. 시원한 아이스크림 먹고 싶어요. 미로 속에 있을 때 저 멀리 있는 아빠도 보고 싶었지만 아빠 손에 들려 있는 아이스크림이 얼마나 먹고 싶었는지 몰라요.

미로를 빠져 나오느라 온 몸이 땀범벅이 된 준이는 아빠가 내어주는 아이스크림을 얼른 받아들고 손살 같이 입속으로 집어넣습니다. 그 어느 때보다도 달콤한 아이스크림 맛에 준이는 미로에서 느꼈던 악몽을 싹 씻어 버립니다.

빈 아빠~! 근데요. 아빠는 저번에 이 미로 와봤어요? 미로 통과해 봤어요? 어떻게 출구를 못 찾아 헤매고 있는 우리들한테 방향을 알려줄 수 있었어요? 저번에 미로를 통과해봐서 길을 잘 알고 있었던 거예요? 아빠가 가리키는 방향으로 가니까 벽에 한 번도 막히는 것 없이 바로 출구로 나오던 걸요.

준 어~! 형아 잠깐만... 저길 봐. 훤히 다 보이네. 여기 서서 미로를 보니까 길이 완전히 다 보인다.

빈 어디? 정말이네. 위에서 보니까 미로의 길이 다 보인다. 아~! 이제야 알겠다. 아빠도 여기서 보고 우리에게 길을 가리켜 준 거네요. 저 안에서는 너무나 복잡해보여서 전혀 보이지 않았던 길이 여기서는 이렇게 잘 보이는 거네. 안에서는 나오라는 출구는 안 나오고 벽만 보이던데. 신기하다.

준 가까이서 잘 안 보이는데 어떻게 멀리서 더 잘 보이지? 보통은 멀리서 잘 안보이고 가까이서 잘 보이는데. TV 만화 볼 때도 멀리서 볼 때 보다는 가까이서 볼 때가 훨씬 더 잘 보이던데, 미로는 멀리서 볼 때 더 잘 보인다는 게 이해가 잘 안가네. 형아는 멀리서 더 잘 보여?

빈 물론 너 말대로 가까이서 잘 보이는 경우도 있지. 그런데 이렇게 미로처럼 길을 볼 때에는 가까이보다는 한 발짝 물러서 멀리서 볼 때가 훨히 더 잘 보이네. 너도 보고 있어서 알고 있잖아.

준 도대체 어느 것이 맞는 거지? TV 볼 때에는 가까이서, 미로를 볼 때에는 멀리서 볼 때가 더 잘 보인다니...

빈 너무 머리 아파하지 말고 이렇게 생각해 보자. 가까이서 보는데 잘 안보이면 멀리서 한번 보는 것은 어떨까? 우리가 계속 가까이서만 잘 보인다고 생각하며 봤는데 미로 속에서는 가까우면 가까울수록 더 안 보였잖아. 오히려 이렇게 멀리서 보니까 정말 잘 보이네. 미로가 이렇게 간단한 줄이야...

준 그렇구나. 모든 것이 가까이서 볼 때 잘 보이는 것은 아니네. 가까이에서 잘 안보이면 멀리서 잘 보이는구나. 이제야 알았어. 한발 물러서서 볼 때 더 잘 보일 수도 있다는 사실을. 이제는 가까이서 잘 안 보인다고 머리 아파하지 않겠어.

빈 그래, 그럴 때에는 한발 물러서서 멀리서 한번 보렴. 지금 우리가 미로를 환히 보고 있듯이 더 잘 보일 테니까.

더 잘 보인다는 이유로 항상 가까이서만 보려고 했던 두 형제에게 미로 게임은 넓은 시야를 가지는 방법을 알려줍니다. 가까이서 보이지 않으면 않을수록 한발 더 물러서서 볼 때 가까이서 차마 보지 못한 부분까지 볼 수 있다는 사실을 깨닫습니다. 가까이서 보면 나무만 보이지만 한발 물러나 멀리서 볼 때 비로소 숲을 볼 수 있다는 삶의 지혜에 한 발 더 다가갑니다.

《눈길과 물길》

준 형아는 어디 먼저 밟을 거야? 난 형아 밟는 것 보고 결정해야
    지.

따스한 보금자리에서 새근새근 자는 동안 밤새 세상을 하얗
게 덮어버린 것도 모자라 땅위 곳곳에 소복이 쌓인 흰 눈을
보며, 준이는 어디로 첫 걸음을 내딛을 것인지 형아에게 물어
봅니다. 한쪽은 그 누구도 밟지 않은 순백의 색깔 그 자체이
며, 또 다른 한쪽은 이미 이 길을 지나간 많은 사람들에 의해
찍힌 발자국으로 가득 채워져 있습니다.

빈 어느 쪽에 발을 내딛을까? 이쪽? 저쪽?

준 형아도 망설여지지?

빈 응 그러네. 좀 망설여지네. 눈으로 덮이지 않은 땅을 갈 때에는 이 길과 저 길이 똑같아서 망설여지지 않았는데, 이렇게 완전 다르니까 망설여진다.

준 형아는 왜 망설여져? 난 '어느 길에서 더 재미있게 눈싸움 놀이를 할 수 있을까?' 하고 망설여지는데.

빈 나? '어디서 재밌는 눈싸움 놀이를 할 수 있을까?' 하고도 망설여지고 '어느 쪽으로 가야지 미끄러지지 않고 안전하게 갈 수 있을까?' 하고도 망설여지네. 잘못 가면 넘어질 수도 있을 것 같아서.

준 안전? 둘 다 안전한 거 아니야? 눈 내리기전에 분명히 두 군데 모두 안전한 땅이었는데. 어디 구멍 뚫린 거야?

빈 구멍이 뚫린 것은 아닌데, 미끄러질까봐. 눈 위를 걷다보면 잘 미끄러지거든.

준 아~ 맞네. 눈 위는 미끄럽지. 조심해야겠다. 저번에 눈 위에서 미끄러져서 엉덩방아 찍었었는데 엄청 아프더라구.

빈 그래. 눈 위를 지나갈 때에는 조심해야해. '아차' 하는 사이 금방 미끄러지거든. 준아! 너 두 길이 왜 다른 줄 아니? 한 쪽은 발자국이 하나도 없이 하얀 길이고 다른 한쪽은 저렇게 눈보다는 철퍽철퍽 물이 많은지 알아? 분명히 하얀 눈은 두 길 모두 동시에 내렸을 텐데.

준 발자국이 없는 길은 아무도 지나가지 않아서 그런지는 알겠는데...눈 대신 질퍽질퍽하게 물만 남은 길은 잘 모르겠어. 분명히 조금 전에는 모두 하얀 눈으로 덮여 있었는데. 누가 뜨거운 물을 부어서 눈을 녹인 건가?

빈 아니야. 물만 남은 길은 많은 사람들이 지나간 길이야. 그들의 발자국들이 눈을 계속 밟아서 녹인 거지. 그러니까 물이 된 거야.

준 근데 형아~! 왜 사람들은 같은 길만 계속 밟고 지나간 거지? 이 쪽 길은 한명도 지나가지 않고. 발자국도 없어.

빈 그러게? 아마도 이 쪽 방향으로 가는 사람들이 더 많아서인
가? 아니면 누군가가 밟고 지나간 길이 더 안전해보여서인
가? 그 사람들이 누군가가 밟아놓은 길을 계속 밟고 지나간
이유는 잘 모르겠지만, 아마도 그게 더 안전한 길로 보였나
봐.

준 정말 이상하네. 형아 눈에는 물이 질퍽질퍽 거리는 저 길이
더 안전해 보여? 내가 보기에는 더 미끄러워 보이는데. 얼음
처럼 보이기도 하고. 저번에 할아버지랑 추운 날씨에 썰매 타
러 갔을 때 봤던 그 얼음처럼 보여. 엄청 미끄러워서 그냥 서
있기도 힘들었거든.

빈 니 말 듣고 보니까 나도 그렇게 보여. 저쪽 길이 얼음길처럼
보이네. 왠지 저 길로 가면 미끄러워서 엉덩방아 찍을 것 같
은데.

준 내가 보기에는 아무도 밟지 않은 하얀 이 길이 더 안전해 보
여. 밟으면 발이 눈 안에 폭~ 들어가기 때문에 미끄럽지도 않
을 것 같고. 소리도 사각사각 나서 너무나 좋고 눈이 발에게
전해주는 느낌도 좋아.

빈 가만히 생각해보니 아무도 밟지 않은 하얀 눈 위에서 미끄러져 넘어진 적은 한 번도 없었던 것 같아. 오히려 누군가가 먼저 밟은 눈 위를 밟았을 때 미끄러져 넘어졌던 것 같아.

준 그렇지? 나도 그래. 남이 밟은 길을 계속 밟으면 하얀 눈은 점점 없어지고 질퍽질퍽한 느낌이 안 좋아. 눈이 녹은 물이 추운날씨에는 금방 얼음이 되잖아. 그러면 넘어지기도 더 쉬울 것 같은데 왜 어른들은 저 쪽 길을 계속 밟고 지나가는 걸까?

빈 너도 그게 궁금하구나? 나도 그 이유가 정말 궁금했었거든. 지금 생각중이야. 아~ 아마도 처음에 우리가 망설였던 이유와 같지 않을까? 너 처음에 왜 망설였어?

준 난 처음에 어느 길에서 눈 놀이를 더 재미있게 할 수 있을까 해서. 형아는 어느 길이 미끄러지지 않고 더 안전하게 갈 수 있을까가 망설여진다고 했지?

빈 어른들은 분명히 너가 망설여하는 이유보다 내가 망설여 하는 이유에 더 가까울 거야. 미끄러운 눈에서 더 많이 넘어져

봤을 거야. 너는 아직 잘 모르겠지만 몇 번 넘어지다 보면 어느 쪽에서 안 넘어질까를 먼저 생각하게 되고 그 방향으로 가게 되어 있어. 나도 너처럼 어렸을 때에는 눈싸움 놀이를 재미있게 할 수 있는 곳부터 찾았었는데, 몇 번 넘어져 보니까 안 넘어지는 곳부터 찾게 되더라구. 넘어져 엉덩방아 찧으면 정말 아프거든.

준 그랬었구나~ 몇 번 넘어지면 그 방향으로는 안 가려구 하겠지. 근데 누구도 밟지 않아 하얗게 쌓인 이 길이 더 안 넘어질 것 같은데. 왜 어른들은 얼음과 같이 생긴 저 곳을 선택하지?

빈 아마도 어른들은 다른 누군가가 갔었던 길 자체가 더 안전하다고 생각하나봐. 자신은 안 가봤기에 누군가가 지나가본 길은 더 안전하다고 생각하는 경향이 있나봐. 왜 그런 것 있잖아. 수영장에 갔는데 물 안에 아무도 없으면 물속에서 놀기가 무서운데 친구들이 재미있게 놀고 있으면 나도 왠지 물속에 들어가서 놀고 싶은 그런 마음.

준 그건 그래. 물 안에 아무도 없으면 물 안에 들어가기조차도 무섭더라구. 보이지는 않지만 내 키보다 더 깊어 보이기도 하고, 엄청 차가워 보이기도 하고, 물속에 괴물이 살고 있으면 어쩌나 하고 무섭기도 하고.

빈 너가 느낀 그 이유랑 어른들이 저 길을 계속 밟고 지나간 이유랑 똑같을 거야. 실제로는 남들이 먼저 지나가서 더 미끄러운 길일수도 있는데, 단지 남이 먼저 지나갔다는 사실 때문에 그냥 저 길을 선택하는 것 같아.

준 형아 말대로 누가 먼저 갔다고 해서 안전한 길은 아닌 것 같아. 지금 우리 눈에 보이는 것처럼 눈을 자꾸 밟고 밟으면 분명히 물이 되고 얼음이 되어 더 위험할 것 같기도 하고. 나는 아무도 밟지 않아 하얀 눈으로 덮인 이 길로 갈래. 이 길로 가서 사각사각하며 속삭이는 눈과 발의 대화를 엿들어보고 싶어. 눈싸움 놀이도 여기가 더 재미있을 것 같아. 일단 눈이 더 많잖아.

빈 우리 준이, 새로운 것에 겁내지 않는구나. 정말 용기 있는 동생이네. 형아가 너에게 배워간다. 그 용기.

빈이와 준이 형제는 이미 물이 되어 질퍽질퍽해진 길보다는,

아직 아무도 밟지 않아 하얀 색깔을 그대로 간직한 길을 향해 힘차게 뛰어갑니다. 소복이 쌓여 있는 눈을 굴리고 굴려 커다란 아빠 눈사람을 만들 행복한 상상을 하며.

그들은 이렇게 세상을 알아갑니다. 남들이 이미 많이 지나간 길보다는 아무도 밟지 않은 길이 더 재밌고 안전하다는 것을. 얼핏 보기에도 눈이 물이 되어 얼어버린 길보다는 아직까지 누구도 밟지 않아 하얀 눈 그 자체의 길이 덜 미끄러울 것 같고 더 재미있어 보입니다. 아무도 가르쳐 주지 않았지만 지금의 선택은 과거의 경험에 의해 나오게 되며, 잘못된 경험에서 묻어난 지식은 두려움을 만들어내는 실체임을 깨닫습니다.

아는 것을 알고 있다면

《생각채널》

준 형아~ 왜 돌려? 그대로 놔두란 말이야. 나 재미있게 보고 있
  는데. 앙~!

빈 너가 보고 싶은 만화 오래 봤잖아. 이제 내가 보고 싶은 것 볼
  거야. 조금 전에 니가 보고 싶은 것 다 보면 내가 보고 싶은
  만화 보기로 했잖아.

  빈이와 준이 두 형제는 사이좋게 만화를 보다가도 곧잘 이렇
  게 다툽니다. 세살 터울이라서 그런지 남자아이라도 만화를
  보는 레벨이 다르네요. 종종 함께 좋아하는 만화도 있지만 서
  로가 보고 싶은 만화를 보기 위해 치열한 다툼을 벌이기도 합

니다. 결과는 둘 다 보지 못하고 TV 리모컨은 결국 엄마의 손에 들어가게 됩니다.

빈 준아~! 결국 너 때문에 엄마한테 TV 리모컨 빼앗겼잖아. 내가 하자는 대로 채널을 돌렸으면 이런 일 없었을 텐데. 니가 보고 싶은 만화 끝까지 본다고 하다가 채널도 못 돌려보고 이렇게 엄마한테 혼나고.

준 형아 때문이야. 재밌게 보고 있는데 왜 다른 채널로 돌려? 그냥 가만히 놔두었으면 엄마한테 혼나지도 않고 계속 볼 수 있었는데. 형아도 내가 보는 만화 재미있게 보고 있었잖아.

빈 아니, 난 별로 재미없었어. 그냥 니가 보고 있으니까 잠깐 같이 봐줬을 뿐이야. 내가 보고 싶은 것은 다른 채널에서 한단 말이야.

준 하여튼 형아 미워. 너무해. 앙~!

빈 됐어. 이제 그만하자. 어차피 TV 리모컨도 엄마가 가지고 있어 보지도 못하는데.

준 근데 형아, TV 채널을 바꾸니까 다른 장면들이 계속 쏟아져 나와서 내가 원하는 만화들을 언제든 볼 수 있는 거잖아. 신기해. 채널을 바꾼다고 해서 어떻게 저 작은 상자 안에서 이렇게 많은 사람들과 동물들이 나오지?

빈 그건 그래. 나도 평소에 그게 굉장히 신기했었거든. 아빠한테 물어보니까 잘 모르더라구. TV 리모컨 버튼을 눌렀을 뿐인데, 그 때마다 완전 다른 장면들이 등장한다니까. 어떻게 이게 가능하지? 뒤에 숨을 공간도 없는데.

준 TV 리모컨에 뭐가 있는 것 아닌가? 저것이 의심스러워. 우리 서로 보고 싶은 프로그램 보고 싶다고 싸울 때 엄마는 항상 TV 리모컨을 빼앗았어. TV를 빼앗지 않고. 분명히 TV 리모컨에 그 비밀이 있을 거야. 누르면 채널이 바뀌어 다른 것들이 나타나는...

빈 그럴 수도 있겠다. 저것을 누르지 않고는 아무것도 나타나지 않거든. 엄마가 TV 리모컨을 자주 숨기는 것도 좀 수상해. 리모컨 버튼을 누를 때마다 TV 채널이 바뀐다는 것을 엄마도 분명히 알고 있을 테니까 그렇게 하겠지?

준 재미없는 만화를 재미있게 바꾸는 방법이 저 TV 리모컨을 누르는 것이야. 저것을 눌러서 재미있는 채널로 바꾸기만 하면 되지. 재미없는 만화를 재미있는 만화로 바꾸는 방법, 채널을 바꾸는 방법이 유일한 것 같아.

빈 그렇지. 내 생각도 너랑 똑같아. 재미없는 만화를 하면 채널을 바꾸면 돼. 근데 내 친구는 재미없어도 계속 같은 채널을 보고 있거나 TV를 꺼버린다. 다른 채널로 돌리면 분명히 재미있는 만화를 하는데.

준 채널을 돌린다는 것 참 좋은 것 같아. 재미없는 만화를 안보고 재미있는 만화를 볼 수도 있고. 형아가 좋아하는 것도 보고 내가 좋아하는 만화도 볼 수 있고. 채널을 돌리면 이 모든 것이 가능하다니. 신기하다.

빈 응 맞아. 더 놀라운 사실 하나 알려줄까? 내가 저번에 동화책에서 봤는데 TV뿐만 아니라 우리의 생각도 돌릴 수 있데. 생각에도 채널이 있어서 돌리면 된데.

준 진짜? 생각에도 채널이 있는 거야? 재미없는 생각도 채널을 돌리면 재미있는 생각을 할 수 있는 거야?

빈 그럼. 그 책에는 분명히 그렇게 나와 있었어. 나쁜 생각을 하다가 채널을 돌리면 좋은 생각으로 바뀔 수 있다고. 재미없는 생각도 채널을 돌리기만 하면 재미있는 생각들이 마구 쏟아져 나온다고 적혀 있었어. 정말 신기하지?

준 형아 말이 맞다면...아니 그 책에 적혀 있던 말이 맞다면 완전 신난다. 채널을 돌려 내가 보고 싶은 만화를 볼 수 있는 것처럼.

빈 그렇게만 된다면 정말 좋지. 난 싫어하는 생각 말고 항상 좋아하는 생각만 하고 싶거든.

준 근데 형아. 생각채널을 돌리기만 하면 자기가 원하는 생각을 할 수 있는데 왜 어른들은 안 좋은 생각만 하지? 화난 어른들은 항상 화가 나 있고, 힘든 생각만 하는 어른들도 많더라구. 안 좋은 생각만 하고 싶어서 그런가?

빈 조금 전에 내 친구 얘기했던 것 기억나? 재미없는 만화 계속 보고 있던 그 친구, 재미없지만 계속 보거나 TV를 끄거나 하는 그 친구. TV 채널을 돌리면 분명히 재미있는 만화 볼 수 있는데 그렇게 하지 않는 친구. 그 친구와 니가 말했던 어른들은 똑같은 것 같아. 그 어른들은 아마 생각채널이 있다는 것을 모를 수도 있어. 만약에 알고 있다면 생각채널을 돌려서 좋은 생각을 할 텐데, 그렇지 않잖아.

준 그럴 수도 있겠다. 사실 난 나쁜 생각하면 힘들거든. 온몸에서 힘이 다 빠져나가는 것 같아서 싫어. 좋은 생각을 하면, 예를 들어 엄마, 아빠를 사랑한다거나 친구하고 재미있게 놀 생각을 하면 몸에 힘이 엄청 생기거든.

빈 그래 맞다. 너 가끔 더 놀고 싶어서 어른들 모두 자는 시간인데도 놀자고 떼쓰잖아. 이래서 엄마와 아빠가 힘들어하지만... 그거 맞지? 재미있게 놀 생각하니까 햇님, 달님, 초록이들 모두 자는 늦은 밤에도 잠 안 오고 에너지가 엄청나게 생겨나는 거고.

준 응 맞아. 형아 어떻게 알았어? 난 놀 생각만 하면 없던 힘도 생겨나거든. 이럴 때 잠자리에 들 생각하니까 힘이 빠지면서 힘들어져. 아마 이 순간이 생각채널이 안 좋은 생각으로 돌아 가는 순간 인가봐.

빈 맞아. 그때가 안 좋은 생각으로 채널이 돌아가는 순간이야. 다시 좋은 생각으로 생각채널을 돌려야 하는 순간이기도 하 지.

준 근데 형아~! 생각채널을 돌리는 것이 그렇게 어려운 일은 아 닌 것 같아. TV 채널을 돌리는 것은 좀 어렵지만. 형아가 방 해를 하고 엄마가 TV 리모컨을 뺏어가니까. 근데 생각채널 은 내 마음대로 돌릴 수가 있는 거잖아. 누가 방해하지도 않 고 엄마가 내 생각을 끄지도 못하는 거 맞지?

빈 응 맞아. 생각채널은 오직 니 꺼니까 니 맘대로 돌리면 돼. 니 가 하고 싶은 생각대로 생각채널을 돌리면 바로 바뀌거든. 나 쁜 생각을 좋은 생각으로, 재미없는 생각을 재미있는 생각으 로, 싫어하는 생각을 좋아하는 생각으로...

준 엄마하고 아빠한테도 가르쳐줘야겠다. 나한테 화날 때는 화 내지 말고 생각채널을 돌리라고. 웃는 생각으로 채널을 돌리면 화 안내고 웃기만 해주겠지?

두 형제는 생각채널이 있다는 비밀을 알게 되었습니다. TV 채널을 돌려 자기 마음대로 원하는 만화를 보듯이, 생각채널을 돌리면 자기가 하고 싶은 생각을 할 수 있다는 삶의 지혜를 깨달았네요. 어른들이나 친구들이 화가 날 때 생각채널을 돌리라고 말해주겠다는 다짐과 함께 행복한 꿈 채널로 돌리며 잠자리에 듭니다.

《보이지 않는 것을 보는 눈》

준 형아~! 형아가 떼써서 조금 전에 갔다 온 그 곳, 거기가 그렇게 가고 싶었던 거야? 도대체 거기는 언제 어디서 봤어? 나는 집에서 여기까지 오면서 못 봤는데. 엄마랑 아빠도 못 본 것 같았어.

숙박지에 도착해서 짐을 풀고 어디를 갈 것인가를 궁리하고 있는 찰나, 빈이는 그곳을 가자고 합니다. 그곳? 빈이는 정확히 그곳이 어디인지 이름을 기억하지 못하지만 다른 곳은 가기 싫고 꼭 그 곳을 가야겠다고 고집을 피우네요. 아무리 생각해봐도 그곳이 어디인지를 아는 이는 없습니다. 빈이를 제외하고는. 우여곡절 끝에 결국 빈이의 그곳을 갔다 왔습니다.

빈 아~ 거기? 엄마랑 아빠는 왜 못 봤지? 나는 너무나 선명하게 보이던데. 조금 전에 봤던 안내 표지판에 분명히 적혀 있었거든. 엄마와 아빠도 함께 보는 것을 내가 분명히 봤었어. 왜 못 봤는지 이해가 안되네.

준 그래? 엄마와 아빠는 다른 것을 보고 있었나? 그 표지판은 분명히 형아 키보다 훨씬 커서 엄마와 아빠가 더 잘 보일 것 같았는데.

빈 근데 가만히 생각해보면 이해는 할 수 있어. 엄마와 아빠가 못 본 이유. 아마 다른 것을 봤거나 그 장소에는 관심이 없어서였을거야. 사람들은 자신들이 관심 있고 보고 싶은 것만 본데. 아무리 좋다고 하더라고 관심 없는 부분은 보이지 않는데.

준 그래? 신기하네. 어떻게 관심 있는 부분만 볼수있지. 두 눈 뜨고 있으면 보고 싶지 않아도 보일 텐데. 형아는 안 좋아하는 것은 안보고, 좋아하는 것만 볼 수 있어?

빈 음...그게 가능할까? 솔직히 나는 정말 많은 것들이 보이거든. 내가 이전에 봤던 것들을 한번 씩 말하면 엄마와 아빠는 엄청 놀라더라구. "그거 언제, 어디서 봤어?" 하면서. 분명히 같은 곳을 봤으면서 못 봤다고 하더라구.

준 맞아. 이상해. 엄마와 아빠는 우리보다 키도 크고 눈도 큰데 왜 우리보다 많은 것을 보지 못하지? 보이는데 못 보다니 신기하네…

빈 어른들은 너무 바빠서 많은 것들을 볼 시간이 없나봐. 그래서 보고 싶은 것들만 볼 수 있고 대충 보는 경우도 있는 것 같아. 같은 환경에서도 어른마다 보는 것이 모두 다르데. 보고 싶은 것이 모두 다르니까.

준 근데 형아~! 왜 어른들은 자기들이 보고 싶은 것만 볼 수 있을까? 보기 싫은 것은 저절로 안 보이는 건가? 투명인간처럼 안 보고 싶은 것은 투명하게 보이는 건가?

빈 나도 그게 참 이상해. 눈이 그렇게 만들어졌나봐? 보고 싶지 않은 것은 보지 말라, 보고 싶은 것만 보라. 이렇게 만들어 진 것 같아. 근데 우린 왜 모두 보이지? 모두 보고 싶어서 그런가?

준 그럴 거야? 난 내 눈에 보이는 모든 것이 신기하거든. 가까이 가서도 보고 싶고 만져보고도 싶고, 안아도 보고 싶고...보면 볼수록 주위의 모든 것들이 너무나 신기해. 그래서 다 보이나 봐?

빈 어른들은 안 그런가봐. 너무 바빠서 진짜 재밌는 것을 못 보고 지나치는 경우도 많은 것 같아. 내가 가자고 해서 갔던데 있잖아. 엄마, 아빠는 처음에는 어디인지 기억도 못하더니 다녀와서는 너무 좋다고 그랬었거든.

준 보고 싶은 것만 보면 좋을까? 별로 좋지 않을 것 같아. 자기가 보고 싶은 것만 보면 계속 같은 것만 볼 것 같거든. 같은 것만 본다면 재미없지 않을까? 아빠 말에 따르면 새로운 것들을 많이 보아야 배우는 것도 많고 재미도 있다고 했거든.

빈 그것을 어른들은 '관심'이라고 부른데. 주위에 항상 있지만 평소에는 잘 보이지 않지. 그런데 '관심'을 가지고 보면 잘 보인다고 해.

준 관심? 좀 어려운 단어이긴 하다. 관심을 가지고 보면 잘 보인다니, 신기하다. 도대체 '관심'이 뭐길 래, 관심을 가지면 안 보였던 것이 보인다 말이지? 형아는 관심이 무엇인지 알아?

빈 난 좀 알 것 같아. 예전에 너가 태어났을 때 엄마와 아빠가 하는 얘기 들었었거든. 그 때 '관심'이라는 말을 사용했던 것이 기억나. 엄마가 아빠한테 "준이가 태어나면 빈이한테 관심을 더 가져야해요. 아니면 빈이가 힘들어 할 꺼예요." 라고 말하는 것을 얼핏 들은 적이 있거든. 사실 너가 태어나니까 엄마와 아빠는 나와 함께 지내는 시간을 너와 함께 지내는 거야. 당시에는 너무 힘들었거든. 엄마와 아빠가 나보다 너와 함께 보내는 시간이 더 많아지면 내가 힘들어할까봐 관심을 가져야 한다고 얘기했던 것 같아.

준 아, 그랬었구나. 형아 좀 힘들었겠다. 이제서야 '관심'이라는 것, 더 많은 시간을 함께 보내고 더 자세히 바라봐주고 그런 건 가봐. 그렇게 안하니까 형아가 힘들었던 거구. 관심이 나한테로 몰리니까.

빈 응, 당시에 엄마와 아빠는 나보다는 너한테 관심을 많이 가졌어. 그래서 나보다는 너가 더 많이 보였던 거지. 관심의 크기만큼 보이는 건가봐. 관심의 크기가 작으니까 잘 안 보였던거구.

준 그렇구나. 형아 말 듣고 보니까 '관심'이 뭔지 알겠어. "우리 눈은 관심 있는 것은 보이게 하고 관심 없는 것은 안 보이게 한다."라는 말도 이해가 가고.

빈 많은 것들을 보려면 관심의 크기를 키워야겠구나. 나는 많은 것들을 보고 싶거든. 이것도 보고 싶고 저것도 보고 싶고. 보면 볼수록 신기하고 그것들로부터 배우는 것 같아. 예전에 봤을 때에는 몰랐던 것들을 관심을 가지고 다시 보고 또 보니까 제대로 알게 되는 경우도 많더라구.

준 형아 말이 맞는 것 같아. 관심을 가지면 가질수록 더 많은 것들이 보이게 되고 배우게 되는 것 같아. 친구들도, 장난감도, 책도...관심 있는 것은 한번이라도 더 보고 싶고, 계속 보니까 더 많이 배우는 것 같고.

빈 이제 관심이 뭔지 알았으니까 주위의 것들부터 관심 있게 지켜볼까? 그러면 더 많이 배우게 될 거잖아. 배우고 싶은 것들이 너무 많거든. 알고 싶은 것도 많고. 혹시 알아? 빨리 배우게 되면 어른도 빨리 될지?

준 오~ 빨리 배우면 어른이 빨리 되는 것이라면 나도 그렇게 하고 싶어. 엄청 빨리 어른이 되고 싶거든. 어떻게 어른이 빨리 되는지 몰랐었는데, 형아 말처럼 된다면 주위의 하나하나에 관심을 가져볼래.

'관심'이 주는 따스함과 배움에 대해 깨달은 빈과 준이 형제는 오늘의 여정을 통해 보고 싶은 것만 본다면 배움에서 멀어진다는 결론에 이르렀습니다. 보고 싶다면 관심을 가져야 하며 관심이 없으면 보고 있어도 보이지 않는다는 관심의 마법에 대해서도 알게 되었네요. 관심의 눈을 통해 엄마와 아빠가 못 본 것을 보았던 빈이와, 관심의 크기를 키우면 키울수록 어른이 빨리 된다는 희망을 가진 준이는 흐뭇한 미소를 지으며 잠자리에 듭니다.

《달라도 되잖아》

빈이는 현관문 앞에 어지럽게 놓여 있는 신발들을 바라보며 흐뭇한 미소를 짓더니 큰 신발부터 하나씩 신어봅니다. 아빠 신발, 엄마 신발에서 발이 들어가지 않는 준이 신발까지 골고루 신어보며 신나합니다. 잠시 생각에 잠기더니 아빠 신발 한 짝, 엄마 신발 한 짝을 신고 멋스러워 보이는 포즈를 취해봅니다.

빈 준아! 나 이거 어때? 이렇게 신으니까 더 멋있는 것 같은데.

준 어... 형아 말처럼 멋있기는 한데 엄마가 보면 혼날걸. 나도 며칠 전에 그렇게 신다가 엄마한테 엄청 혼났었거든. 그러다가 넘어지면 위험하다고. 난 하나도 안 위험하고 재미있기만 하던데.

빈 그래? 이렇게 신어서 엄마한테 혼난 거야? 너를 왜 혼냈어? 신발가지고 장난친 것도 아닌데.

준 신발은 그렇게 짝이 다르게 신는게 아니래. 신발은 똑같이 생긴 같은 짝이랑 신는 건데, 내가 지금 형아처럼 엄마 신발 하나, 아빠 신발 하나 신으니까 혼난 거지. 근데 혼나고 나서도 왜 신발은 똑같이 생긴 같은 짝이 랑만 신어야 하는지 모르겠어. 아무도 얘기는 안 해 주더라구.

빈 그러게. 왜 똑같은 짝만 신어야하지? 신발 가게 지나갈 때 항상 궁금했었거든. 가게에서는 항상 같은 짝으로만 팔고 어른들도 같은 짝만 사오는 거야. 다른 짝을 파는 가게는 못 봤어. 물론 서로 다른 짝을 사가는 어른들도 못 봤고. 왜 꼭 신발은 같은 짝으로 신어야 하는 걸까?

준 다른 짝끼리 신으면 안 되나? 왜 안 되지? 다른 두 짝을 신으면 더 멋있어 보일 것 같은데. 아빠 꺼랑 엄마 꺼 같이 신으니까 더 멋있던데. 내가 잘못 된 건가?

빈 잘못? 그런 거는 아닌 것 같아. 그렇게 신는다고 남에게 피해 주는 것도 아니고. 분명히 무슨 이유는 있을 거야. 어른들이 아무런 이유 없이 그렇게 하지는 않거든. 어쨌든 나는 다른 짝끼리 신는 것이 더 좋아. 봐봐~! 이렇게 왼발에는 작년에 아빠가 신던 파란 신발, 오른발에는 올해 엄마가 신던 녹색 신발 신으니까 더 멋있잖아.

준 오~! 나도 지금 형아가 양발에 다른 신발 신으니까 더 멋있어 보여. 도대체 이렇게 신으면 왜 안 되는 거야?

빈 이렇게 다르게 신는다고 위험한 것도 아닌데. 아마 어른들은 두개가 서로 다르면 싫은가봐. 뭐든지 똑같아야 좋다고 생각하나봐. 왜 그런지는 잘 모르겠지만.

준 솔직히 무지개도 다른 색깔끼리 있으니까 더 아름다운 거잖아. 산에 나무들도 다른 모양과 다양한 색깔들이 섞여있으니까 정말 예쁘더라구. 어른들도 그런 것을 엄청 좋아하면서... 단풍놀이라고 그러나?

빈 오~ 너 단풍놀이도 알아? 우리 동생 대단한데. 엄마와 아빠도 내가 그림 그릴 때 한 가지 색깔로 칠하면 다양한 색연필 사용하라고 하거든. 다양한 색상을 사용하니까 더 멋지고 예쁜 그림이 탄생했어.

준 형아한테만 말하는 건데. 결혼식 갈 때 한 번씩 엄마가 나랑 형아랑 똑같은 옷 입히거든. 사실 똑같은 옷 입으니까 기분이 좋지는 않아. 형아랑 나랑 몸 모양이 다른데, 같은 옷 입으니까 좀 이상하기도 하구. 왜 똑같은 옷 입히는지 모르겠어?

빈 맞아. 사실 나도 너랑 똑같은 옷 입었을 때 이상했거든. 나는 날씬하고 너는 뚱뚱한데, 같은 옷 입으니까 많이 이상해.

준 나 안 뚱뚱하거든. 통통한 거야. 하여튼 형아랑 나랑 얼굴도 다르고 몸도 다르고, 모든 것이 다른데. 가만히 보면 이 세상에 똑같은 사람은 한명도 없는 것 같은데 왜 같은 것들을 사용하려고 하지? 똑같이 되고 싶어서 그런 건가?

빈 맞아. 달라도 되는데. 다르면 오히려 더 멋있고 예쁠 것 같은데, 왜 같아지려고 노력을 할까? 아무리 생각해도 이해가 안

가고 이상해. 신발도 똑같은 두 짝을 신어야 한다고 하고. 분명히 오른발과 왼발이 다르게 생겼을 텐데. 젓가락 두 짝도 같은 짝이고 장갑도 모두 같은 모양이고... 이 세상의 모든 것이 다른데 왜 같아지려고만 하는 걸까?

준 형아 말이 딱 맞네. 다르다고 싫어하면 안 되는거 잖아 친구들도 보니까 다른 아파트에 산다고 멀리하고, 같은 장난감 가지고 있는 친구들끼리만 어울리고, 다른 어린이집 다니는 친구들과는 안 놀고 그러더라구. 장난감도 똑같은 것 보다는 다른 것을 다양하게 가지고 노니까 더 재미있던데.

빈 어른들도 마찬가지야. 엄마와 아빠도 모임에서 같은 동네 산다고 더 반가워하고, 같은 생각하는 사람들끼리만 한곳에 모여 계속 얘기하고. 다른 생각 가지고 있는 사람들하고는 잘 어울리려 하지도 않는 것 같아. 자기와 생각이 다르니까 틀렸다고 멀리하고...그냥 다를 뿐인데. 다를 수도 있지 않나? 꼭 생각이 똑같아야 하는 것은 아니잖아.

준 다를 수도 있는 것이 아니라 달라야 정상 아닌가? 우리 모두는 다르게 생겼는데 어떻게 똑같을 수가 있지?

빈 내가 보기에는 편해서 그런 것 같아. 다르면 왠지 모를 불편함을 느끼는 것 같고. 왜 그런 것 있잖아. 나도 어린이 집 다니다가 유치원 처음 갔을 때 불편했었거든. 어린이 집에 가면 매일 아는 선생님이랑 친구들이 있는데 새롭게 유치원을 가니까 모든 것이 어린이 집 다닐 때와는 다른 거야. 그래서 처음에는 가기 싫고 그렇더라구. 뭔가 불편했어. 뭔지는 잘 모르겠지만...

준 형아 말처럼 그럴지도 모르겠다. 나도 아기 때 집에서 엄마하고만 계속 있다가 어린이집 가니까 모든 게 달랐어. 며칠 동안 어린이 집이 너무 가기 싫더라구. 이런 것 때문에 어른들도 같은 것만 찾는가봐. 다른 것은 불편하니까.

빈 아휴~ 이제야 알았네. 똑같은 것만 찾는 이유를. 자꾸 똑같은 짝을 맞추어 신발을 신고, 똑같은 작대기를 젓가락으로 사용하는 이유를. 불편해서였구나.

준 근데 형아~! 다르다고 꼭 불편한 것만은 아닌 것 같아. 예전에 가지고 놀던 장난감이랑 다른 장난감을 받으면 오히려 기분이 좋거든. 놀이터에서 새로운 친구들을 만나면 더 신나게 놀 수 있어 좋고. 매일 있는 집보다 한 번도 가보지 못한 곳에 가면 완전 행복해지기도 하고. 이 다른 것들은 왜 불편하지 않고 오히려 행복한 거지?

빈 어...그거. 그렇네. 가만히 생각해보니 준이 너 말이 맞네. 다르다는 것이 불편할 수도 있고, 안 불편할 수도 있고...새로워서 그런가? 다르다는 것의 의미는 예전에 보고 듣던 것은 아니라는 뜻이고, 이것은 새로운 것이라는 뜻이기도 한데. 아! 맞네. 다른 것을 새로운 것으로 생각하면 행복해지는 거네. 다른 것 = 불편한 것? 다른 것 = 새로운 것?

준 아~ 그래서 다른 것이 오더라도 모두 불편하지는 않구나. 다른 것이 새로운 것이라면 불편하기보다는 오히려 더 기분이 좋고 행복해지고 그러는 거구나. 이제야 이해가 되네.

빈 너하고 이렇게 얘기하니까 그동안 이해하지 못해서 답답했던 것들이 속속 풀리네. 아~ 속이 다 시원하다. 꼭 같을 필요가 없다는 말, 달라도 되는 것들을 굳이 똑같이 하려는 목적은 불편하지 않게 하기 위한 단순한 시도일 뿐이네. 다른 것이 오히려 더 행복하고 편안할 수도 있고 멋있어 보일 수도 있는 건데.

준 맞아. 달라도 되잖아. 똑같을 필요는 없잖아. 다른 모양과 색깔의 신발을 신어도 되잖아. 위의 옷과 아래 옷 색깔도 완전 달라도 되고. 젓가락 두 짝도 크기와 색깔, 모양이 달라도 음식 먹는 데는 아무런 불편함도 없을 것 같은데.

빈 우리 이제 똑같아 지기 위해 노력하기 보다는 달라지기 위해 노력해 볼까? 엄마가 우리 둘 같은 옷 입히면 다른 옷 입혀 달라 하고, 서로 다른 양말과 신발을 신어보는 것은 어때? 처음에는 엄마한테 혼날 수도 있겠지만 자꾸 이렇게 하다보면 엄마도 다름이 더 좋다는 것을 알게 될 거야. 지금은 처음이라서 불편할 뿐이겠지.

준 오~! 좋은 생각이네. 어린이 집에 가서도 다른 동네 사는 친구들과도 친해져서 그 동네 놀이터에도 한번 가봐야겠다. 재밌겠는데.

빈이와 준이 형제는 자신들의 눈에 달라 보이는 것들을 같은 것으로만 묶으려는 어른들의 시도가 야속하기만 합니다. 왜 같아야 되는지에 대한 어떠한 말 한마디도 없이 같게만 만들려는 것은 재미가 없어 보입니다. 같은 것에서는 하나를 배우지만 다른 것에서는 다른 것만큼 배운다는 사실도 깨닫고 가네요. 다른 것이 더 예쁘고 더 멋지다는 생각이 두 형제의 뇌에 굳건히 자리 잡아 갑니다.

《보물이 담겨있는 책 장난감》

빈이와 준이는 여느 아이들처럼 장난감 놀이에 푹 빠져 있습니다. 특히 새로운 장난감이 집으로 오는 날에는 기존에 사랑받던 장난감들은 모두 뒤로 밀려나버립니다. 새로운 장난감을 가지고 놀기를 바라는 그 마음이 고스란히 표현됩니다. 두 아이가 유난히도 잘 가지고 노는 장난감이 있습니다. 어떠한 새로운 장난감이 집에 들어오더라도 이 장난감만큼은 항상 두 아이의 깊은 사랑을 받고 있습니다. 펼치는 매 순간마다 새로운 재미를 주고 다른 듯 같으면서도 항상 새로운 세계가 펼쳐지기 때문입니다.

준 형아~! 이 장난감은 뭐야? 네모나게 생겼는데 펴 보면 재밌는 그림들이 그려져 있어. 비슷하게 생겼는데 펴보면 내가 이해하지 못하는 또 다른 그림들이 그려져 있기도 해.

빈 아~ 그거! 재밌지? 네모난 것 안에 재미있는 그림들이 많이 들어있어. 책이라는 장난감이야. 이 책을 가지고 집도 지을 수도 있다. 네모난 모양이라서 집을 짓는 벽돌과 비슷해. 난 어렸을 적에 엄마랑 책으로 집짓기 놀이 많이 했었거든. 책과 책을 세워서 맞대니 멋진 지붕도 만들어 지더라구. 지어놓고 나면 생각보다 엄청나게 근사하다.

준 그래? 난 책 장난감으로 집짓기 놀이는 아직 못해봤어. 대신 책을 바닥에 쫙 까니까 멋진 발판이 되던데. 그렇게 책으로 차지한 지역은 모두 내 땅이 되었지. 다양한 그림으로 만들어 진 내 땅, 너무 든든했어. 아~ 맞다! 책을 차곡차곡 쌓아서 그 위에 올라가서 보면 아래가 훤히 다 보인다. 숨어있어서 밑에서 보지 못한 장난감들도 어디 있는지 다 보여.

빈 그렇지. 나도 어렸을 적에 그랬었거든. 근데 더 재미있는 것은 책이라는 장난감을 펼친 순간에 일어나. 모양이 비슷해서 똑같은 장난감인 것 같은데 펼쳐보면 정말 다양한 그림들이 그려져 있어. 요즘에는 글자까지 읽으니까 너무 재미있더라구.

준 그래? 나는 아직까지 까만색으로 뭔가 적혀있는 것이 무슨 의미인지 잘 모르겠어. 엄마와 아빠에게 읽어달라고 하거든. 잘 읽어주지는 않지만 계속 듣고 있으면 정말 재미있더라구. 나도 형아가 말하는 글자라는 것 빨리 배워서 혼자 마음대로 읽고 싶다.

빈 요즘에는 엄마와 아빠가 책 잘 읽어줘? 내가 어렸을 적에는 많이 읽어달라고 했었는데 몇 권 읽다가 힘들어 하더라구. 이렇게 재미있는 것을 왜 힘들어하는지 잘 모르겠어.

준 책이라는 장난감을 열면 무엇이든 뚝딱 나오는 보물상자 같아서 너무 재미있는데 엄마랑 아빠는 별로 재미없나봐. 어른들이 책을 가지고 노는 것을 잘 보지 못했거든. 왜 재미가 없지? 신기하네.

빈 아마, 어른들도 어렸을 때에는 좋아 했을 거야! 보물상자에 보물찾기 놀이 싫어하는 사람은 없을걸. 왜 싫어하게 되었는지는 잘 모르겠지만...

준 나는 책이라는 보물상자를 열 때마다 다른 그림, 다양한 이야
기들이 흘러나오는 것이 너무나 신기하고 재미있는데... 어떻
게 저렇게 작은 장난감 안에 그렇게 재미있는 이야기들이 수
없이 담겨져 있을까? 신기해.

빈 정말 신기하지. 별로 커보이지도 않는데 매일 열 때마다 재미
있는 얘기들이 계속 나온다. 똑같은 이야기는 하나도 없는 것
같아. 그래서 보물상자지. 모양도 생김새도 모두 다른 보물을
가지고 있는 보물상자. 엄마와 아빠도 알고는 있는 것 같아.
가끔 책을 읽어야 한다고 말하거든. 인생을 살면서 꼭 필요한
보물들이 책안에 들어있다고.

준 근데 왜 책이라는 장난감 안 가지고 놀아? 그렇게 재미있으
면 가지고 놀아야 하는 것 아니야? 엄마와 아빠도 가지고 노
는 책 장난감 있는 것 같던데. 내가 가지고 노는 거랑 모양이
비슷하게 생겼더라구. 저거 맞지?

빈 오~ 너 제대로 아는데. 맞아! 지금까지 내가 지켜 본 봐 로는

우리가 가지고 노는 책 장난감이랑 어른들이 가지고 노는 책 장난감은 모양이 비슷하게 생겼어. 대신 어른들이 가지고 노는 책은 펼치면 그림은 거의 없고 글자만 엄청나게 많아. 그림이 없고 글자만 있어서 재미없어서 그런가?

준 그럴 수도 있을 것 같아! 그림이 없어서 재미없게 느껴질 수도 있겠지! 어른 책도 그림이 많았으면 좋았을텐데.

빈 그런가? 확실히는 잘 모르겠지만 그럴수도 있겠다! 근데 나는 글자만 읽어도 재미있던데. 글자 속에도 정말 다양하고 재미난 얘기들이 숨어 있거든.

준 형아는 어렸을 때보다 요즘 들어 훨씬 더 많은 책을 가지고 노는 것 같아! 분명히 내 것보다 그림이 더 적고 글자가 많은데도 재밌나봐.

빈 너 그런 것까지 보고 있었어? 글자를 모를 때는 할 수 없이 책 안에 그림만 봤었거든. 글자를 알고 나니까 그림을 먼저 본 다음에 글자를 읽게 되더라구. 책 안에 적혀있는 글자 하나하나가 재미있는 얘기야! 예전에는 이 글자들이 말하는 재미난 얘기들을 엄마와 아빠가 대신 읽어주었어. 근데 이제 글자들이 나에게 직접 얘기해주니까 더 재미있어. 그만큼 글자에 재미있는 얘기들이 더 많이 담겨져 있다는 뜻이지.

준 그렇군. 형아 말 들으니까 나도 빨리 글자 배워야겠다. 책이라는 장난감 가지고 놀면 놀수록 더 재미있는 것 같아! 다양하고 재미있는 얘기들이 가득 들어있는 보물상자가 확실해!

빈 맞아 맞아~! 내가 지금까지 가지고 놀았던 장난감 중에 제일 재미있는 것이 책이야. 솔직히 다른 장난감들은 처음에는 재미있었는데 조금 가지고 놀다보니까 싫증이 나더라구. 어제 놀 때랑 오늘 놀 때랑 똑같애. 전혀 새로운 재미가 없었거든. 근데 책이라는 장난감은 놀 때마다 달라. 다른 책들은 다른 얘기들을 담고 있어서 좋고, 같은 책도 가지고 놀 때마다 그 재미가 다르게 다가와. 정말 신기해.

준 근데 형아 저번에 보니까 엄마가 형아한테 "책을 많이 보면 생각 주머니가 커진다."라고 하던데 무슨 뜻이야? 생각 주머니? 그게 뭐야? 주머니가 커지면 뭔가 좋은 것 같긴 한데. 많이 담을 수 있을 것 같기도 하고.

빈 응 그거? 장난감을 가지고 놀면서 이런 저런 생각을 많이 하게 돼. 너 변신 로봇들 가지고 놀면 누가 내 편이고 악당이고 부터, '어떨 때 변신할까?' 이런 것 생각하지? 이렇게 생각을 많이 하게 되면 생각 주머니가 점점 커지게 되거든. 생각 주머니가 커지면 담을 수 있는 것도 점점 많아지지. 니가 원하는 것 모두 담을 수 있어.

준 아~! 형아 말은, 장난감을 가지고 놀면 생각을 많이 하게 되는데 이럴수록 내가 원하는 것들을 담을 수 있는 생각 주머니가 점점 커진다는 거지? 장난감 중에 생각 주머니를 가장 크게 해주는 것은 책이라는 것이구?

빈 오~! 너 제대로 이해했구나? 역시 똑똑한 내 동생. 나도 너도 생각 주머니를 엄청나게 커지게 해서 산타 할아버지가 오면 선물 많이 담아두게 하자!

준 그래 형아~ 혹시 재미있는 책 있으면 나랑 같이 가지고 놀아야해. 내가 글자 알게 되면 형아가 지금 가지고 노는 책 나에게 꼭 양보해 주는 거다! 알았지?

빈 그럼~! 사랑스런 내 동생.

책이라는 보물 상자에 담겨져 있는 장난감들을 하나씩 가지고 놀며 무척이나 재밌어 하는 두 형제. 지금까지 책만큼 재미난 장난감을 찾지 못했네요. 책을 펼치면 마치 지니의 요술 챔프처럼 재미로 가득한 보물들이 뚝딱 나온다는 사실을 알게 됩니다. 두 형제에게 책은 이 세상에서 가장 재미있고 신비한 장난감으로 다가옵니다. 다음의 책에서 펼쳐질 보물들이 무엇인지 벌써부터 궁금해집니다.

더 잘 보인다는 이유로 항상 가까이서만
보려고 했던 두 형제에게 미로 게임은
넓은 시야를 가지는 방법을 알려줍니다.
가까이서 보면 나무만 보이지만
한발 물러나 멀리서 볼 때 비로소 숲을 볼 수 있다는
삶의 지혜에 한 발 더 다가갑니다.

"

너무나 재미난 세상이라는
놀이터에서 일만하며 즐기지 않는
어른들을 보며 빈이와 준이는 다짐합니다.
엄마와 아빠에게 어렸을 적
신나게 놀았던 세상
놀이터를 다시 찾아주겠다고.

"

CHAPTER

04

세상을 바라보며

4장

빈이와 준이는 앞으로 담아낼
지금을 생각하며 지금까지 담아왔던 세상들을
하나씩 들여다보기 시작합니다.
그 중에는 엄마가 품어왔던
세상도 있고 아빠가 담아왔던 세상도 있네요.
빈이와 준이가 담아낸 세상이 아니기에
더 신비로움으로 다가옵니다.

《자연보다 더 자연스럽게》

준 아~ 추워 추워~! 날씨가 왜 이렇게 추운거야? 추운 날씨 정
   말 싫어.

빈 준아~ 겨울이니까 추운 것은 당연하지. 춥지 않으면 겨울이
   아니게? 왜 이렇게 호들갑이야. 너도 벌써 세 번째 겨울을 맞
   이하면서 추위에 적응을 못하는 거야?

준 세 번째 겨울? 난 처음으로 이렇게 추운 것 같은데. 무슨 세
   번째 겨울이야? 겨울은 왜 이렇게 추운거야? 추운 겨울이 난
   정말 싫단 말이야. 겨울이 없었으면 좋겠어.

빈 겨울이 없었으면 좋겠다고? 너 눈사람 만드는 것 좋아하잖아. 작년에 보니까 썰매타기 놀이도 엄청 재미있게 하던데. 겨울이 없다면 이런 것들 전혀 못하는데 괜찮아?

준 그 놀이들 겨울에만 할 수 있는 거야? 꼭 추울 때만 할 수 있는 거냐구?

빈 당연하지. 눈사람 만들려면 하늘에서 눈이 와야 하고 썰매타기를 하려면 얼음이 얼어야 하는데. 춥지 않으면 눈도 만들어지지 않고 얼음도 볼 수 없으니까.

준 그럼, 고민 좀 해봐야겠는데. 추운 게 더 싫은지, 눈사람 만들기랑 썰매타기가 더 재미있는지...

빈 준이는 어느 계절이 더 좋아? 봄, 여름, 가을, 겨울 중에 어느 계절만 있었으면 좋겠어?

준 어느 계절? 하나만 골라야 해? 난 따뜻한 봄도 좋고 물놀이 맘껏 할 수 있는 여름도 좋고 단풍놀이 하면서 가족여행을 가장 많이 다니는 가을도 좋은데...겨울은 아직 생각중이야. 좋아할지 말지를.

빈 하나의 계절만 있는 나라에 사는 건 어때? 사실 네 가지 계절
    이 있는 나라는 그리 많지 않거든.

준 하나만 있는 나라도 있어? 모든 나라가 네 가지 계절을 가지
    고 있는 것 아니야?

빈 아니야. 같은 나라더라도 어느 지역에는 한 두 가지 계절만
    가지고 있는 나라도 엄청 많아. 따지고 보면 사계절을 가지고
    있는 나라가 훨씬 적을 거야.

준 적은 것보다는 많은 게 당연히 좋긴 한데.

빈 너 사계절이 왜 있는 줄 알아?

준 사계절이 왜 있냐구? 음...그냥 있는 것 아닌가? 자연이 만들
    어났나?

빈 그래 바로 그거야. 사계절은 자연이 만들어 놓은 거야. 자연

의 다양한 모습을 보여주려고. 너 놀이 공원 갔을 때 놀이기구가 하나만 있다면 어때? 동물원에 동물이 한마리만 있다면?

준 놀이 공원에 놀이 기구가 하나만 있다구? 동물원에도 하나만? 아이 재미없어. 아마 다시는 그 놀이 공원이랑 동물원 안 갈 거야.

빈 그렇지. 하나만 있다면 정말 재미없을 거야. 사계절이 있다는 것은 정말 재미있다는 의미거든. 사계절은 자연이 그려놓은 거야. 봄에는 푸릇푸릇한 초록색으로 초록이들을 맘껏 그려 넣고 따스함의 숨결을 불어넣어주지. 여름에는 하늘위에 뜨거운 햇님도 그리고, 엄청난 비도 퍼부어주며 뜨거운 공기를 불어넣어 우리들이 물놀이를 신나게 즐길 수 있게 해주지.

준 오~ 형아 말을 들어보니 정말 그렇네. 그렇다면 가을과 겨울은 어떻게 그린거야?

빈 너도 이미 알잖아. 가을은 오색빛깔 단풍으로 맘껏 칠하는 것 같아. 아주 맘껏. 겨울은 하얗게 칠하겠지. 마치 하늘 위에서

빵가루가 내려와 온 세상을 하얗게 덮어버린 것처럼.

준 지금 보니까 자연은 유명한 화가네. 이렇게 멋지게 그려놓으니까 엄마랑 아빠는 가족여행 갈 때마다 자연을 보러가는구나. 자연이 그려놓은 그림은 정말 멋진 것 같아. 어른이든 아이들이든 모두 좋아하니까.

빈 그래 맞아. 자연은 엄청 유명한 화가지. 어떠한 화가도 자연만큼 멋지고 다양하게 그리지는 못할걸. 자연이 사계절을 그려 놓은 이유가 명확하게 있지. 계절마다 그리는 모양과 색깔이 다른 것을 보면.

준 멋지다. 나도 자연처럼 멋진 화가가 되고 싶네. 그러면 내가 원하는 것을 맘껏 그릴 수 있을 텐데.

빈 아마 우리가 아무리 연습을 하더라도 자연처럼 잘 그리지는 못할 거야. 자연은 똑같은 것을 그리는 법이 없거든. 항상 다르게 그려. 올해의 봄도 작년의 봄과 다르고, 올해의 여름과 가을, 그리고 겨울도 지금까지 한 번도 그려보지 않았던 새로운 그림만 그리거든. 매년 볼 때마다 너무도 달라. 하지만 실

망하지는 마. 너에게도 자연보다 더 잘 그릴 수 있는 그림이 있으니까.

준 정말? 그게 뭔데?

빈 니가 살아갈 날 들. 아빠와 엄마가 얘기할 때 살짝 들었는데, 자기 인생은 자기가 그려나가는 거래. 다른 누구도 대신 그려 줄 수 없다는 거야. 아무리 유명한 화가인 자연이더라도 니가 살아갈 날 들은 그릴 수 없는 거래.

준 자연이 자연 자신을 멋지게 그리는 것처럼?

빈 응 맞아. 그것과 같아. 자연의 계절을 제일 잘 그리는 화가는 자연 자신이야. 우리 중에 아무리 유명한 화가라도 자연만큼 자연의 삶을 멋지게 그리지는 못하지. 이렇게 보면 자신을 가장 잘 그리는 사람은 바로 자신이지.

준 "자신을 가장 잘 그리는 사람은 바로 자신이다..." 내용이 좀 어렵기는 하지만 자연이 스스로를 그렸으니까 나도 내 모습을 그릴 수 있다는 의미네.

빈 좀 어려운 내용도 잘 이해하네, 우리 준이. 자연이 우리를 그리지는 못해. 자연이 제일 멋있게 그릴 수 있는 것은 자연 그 자체의 모습이지. 자연이 그린 그대로 시간은 흘러가고 많은 사람들이 자연이 그린 그림에 감동받고. 그 누구도 이런 자연의 그림 솜씨를 따라갈 수는 절대로 없을 거야.

준 어쩐지. 아무리 도화지에 초록이들을 그리고 다양한 색연필로 칠해도 원래 초록이보다 더 잘 그리지는 못하겠더라구. 그 이유가 있었구나.

빈 그럼 그럼. 그 이유가 분명히 있지. 따라 그린다면 절대로 원래의 모습보다 잘 그릴 수는 없어. 자신의 삶을 그릴 때도 누가 그려놓은 것을 따라 그리는 것이 아니라 스스로 그리고 싶은 것을 그려야 하는 거야. 그래야 그 누구도 따라올 수 없는 멋진 그림이 되는 거란다.

준 형아 말대로 오늘 하고 싶은 것은 내가 직접 그려봐야겠다. 지금까지는 매일 엄마가 하라는 대로만 했었거든. 엄마가 그리라고 말한 것만 그렸고, 원하는 곳만 갔었고. 지금부터는 내가 하고 싶은 것을 하고, 보고 싶은 것을 보고, 먹고 싶은 것을 먹어야겠다. 나의 오늘은 내가 직접 그릴 때 가장 멋있게 그려지니까. 맞지 형아?

빈 그래 맞아. 그런데 가끔은 엄마가 하자는 대로 해주는 것도 좋아. 그래야지 니가 하고 싶은 것 모두 할 수 있을 테니까. 그것 말고는 누가 그려놓은 그림 따라 그리지 말고 니가 그리고 싶은 너의 그림을 그려나가면 돼. 나도 아직 그 정도까지 어른이 되지는 않았지만…

자연은 사계절의 그림을 그립니다. 비를 그려 대지를 촉촉이 적시고, 눈을 그려 온 세상을 하얗게 뒤덮습니다. 초록이들에게 오색 옷을 입히면 다채롭고 화려한 명작이 탄생합니다. 자연이 그린 그림에 대해서는 호불호가 갈리지만, 자연이 직접 그린 것보다 더 자연스럽게 그리는 사람은 없습니다. 자연이 자신의 모습을 가장 자연스럽게 잘 그리는 것처럼, 빈이와 준이 자신의 삶도 자신이 직접 그릴 때 가장 자연스럽게 그려진다는 생각이 문득 스쳐 지나갑니다.

《비바람이 부는 것처럼》

준 앗~! 비가 온다. 갑자기 엄청 오네. 어떻게 해. 내일 놀이공
원 가기로 했는데...비오면 못 가는 거 아니야? 왜 하필이면
오늘 비 오는 거야? 비 정말 싫어.

빈 왜 그래? 난 비오는 게 좋기만 하던데. 저번에 들어보니까 아
빠도 비오는 것 엄청 좋아하던데. 분위기 있다고.

준 난 싫단 말이야. 지금은 싫어. 내일 놀이공원 가기로 했는데
이렇게 비오면 못 가잖아. 난 항상 햇님이 웃음 짓는 맑은 날
이 좋단 말이야. 왜 날씨는 이렇게 자꾸 바뀌는 거야. 매일 햇
님이 쨍쨍 비치면 좋을 텐데.

빈 준아, 너 바다에 파도가 치면 좋아 싫어? 바다에 파도가 있으면 좋겠어? 없으면 좋겠어?

준 바다에 파도? 넘실넘실 거리는 거 그거? 있으면 튜브타고 노니까 재미있긴 한데 한 번씩 너무 심하게 파도가 다가오면 입이랑 코에 물이 들어가 너무 힘들긴 했거든. 있으니까 좀 무섭기는 해. 없으면... 튜브타고 노는 것이 재미있지는 않겠네. 넘실넘실 거리는데 튜브타고 있으면 출렁출렁 거려 너무 재미있거든. 아~ 모르겠다. 있어도 좋고 없어도 좋은 것 같기도 하고.

빈 그래 니 말이 맞아. 근데 있어도 좋고 없어도 좋으면 있는 게 낫겠지. 저번에 도서관에서 빌려온 책에서 본 건데, 파도는 반드시 있어야 한데.

준 그래? 왜 있어야 한데? 파도가 없으면 무슨 문제라도 생기는 건가? 형아가 그렇게 얘기하니까 궁금해지네. 어서 얘기해주라.

빈 파도가 없으면 바다가 오염된다고 해. 거대한 바다가 오염된다고 적혀있었어.

준 뭐라구? 파도가 없으면 저 큰 바다가 오염된다고? 에이, 말
도 안 돼. 물이 더러워지는 이유는 더러운 쓰레기 때문이잖
아. 근데 파도가 없으면 바다가 더러워 진다구? 무슨 말인지
모르겠어.

빈 나도 처음에는 이해가 잘 안되었거든. 너랑 생각이 같았어.
근데 그 뒤에 설명이 나와 있더라구. 파도가 일어나는 순간
바다 속이 뒤집힌데. 바다 속이 뒤집혀 깨끗한 물이랑 더러운
물이 섞이면서 더러운 물이 깨끗해진다는 거야. 물은 돌고 돌
면서 깨끗해 지나봐.

준 그래? 그래서 파도가 필요하구나. 파도가 우리 입과 코에 물
만 먹이는 것은 아니네. 파도가 없으면 바다가 더러워지고 바
다에서 재미있는 튜브 놀이도 못하겠네.

빈 그렇지. 더 큰 파도는 바다 속을 더 크게 뒤집어서 더 깨끗하
게 만들 거야.

준 그렇네. 근데 형아~! 날씨 얘기하다가 갑자기 바다 파도 얘기는 왜 꺼낸 거야? 난 오늘 비와서 속상하기만 한데.

빈 너 태어나기 전에 할머니, 엄마, 아빠, 그리고 나 이렇게 제주도 여행을 간적이 있어. 제주도 알지? 첫 날 제주도에 도착했는데 그날따라 비가 엄청 쏟아졌었거든. 비가 엄청 쏟아지는 바람에 아빠가 운전하기 어려울 정도로 앞이 안보였어. 난 그 순간 하늘이 뻥 뚫렸는 줄 알았다니까.

준 정말? 하늘이 뻥 뚫린 줄 알았을 정도로 비가 많이 왔어?

빈 그럼. 앞이 안 보이는 어마어마한 빗속을 뚫고 숙소에 도착했지. 밖에는 천둥번개소리가 들렸고 창문으로 보니 비는 계속 퍼붓고 있었어. 사실 나 그 때 엄청 무서웠거든. 잠든 사이 방이 떠내려갈 것만 같았어. 여행 왔는데 내일 어떻게 놀지 걱정도 되었구.

준 지금 딱 나와 같은 경우네. 오늘 비오니까 내일 놀이공원도 못갈 것 같고.

빈 그때는 더 심했었지. 하늘이 뚫렸었던 것 같았다니까. 그 때
와 비교하면 오늘은 비오는 것도 아니야. 근데 다음 날 놀라
운 일이 벌어진 거야. 아침에 잠에서 깨어나 밖을 보고 깜짝
놀랐어.

준 아침에? 왜? 무슨 일이 일어났는데? 설마 방이 떠내려 간 거
야?

빈 방이 떠내려 갔냐구? 아니야. 나도 그럴까봐 걱정되어서 일
어나자 마자 밖을 봤는데 눈이 부실 정도로 날씨가 좋은 거
야. 마치 파도가 있어서 바다가 깨끗해지는 것처럼. 어제 그
렇게 퍼붓던 비도 그쳐있고 하늘과 땅이 완전 깨끗해 져 있었
어. 정말 신기하지?

준 정말? 우와 신기하다. 어떻게 날씨가 갑자기 바뀔 수가 있
지? 완전 최악의 날씨에서 최고의 날씨로.

빈 너무나 신기해서 아빠한테 물어봤었지. "어제는 비가 어마어
마하게 많이 오고 흐렸었는데, 자고 일어나니 마법을 부린 것처
럼 너무나 깨끗해졌네. 밤새 무슨 일이 일어난 거야?"

준 그랬더니? 아빠가 뭐래?

빈 어제 우리를 힘들게 했던 비가 오늘의 최고 날씨를 만든 거
래. 어제의 비가 없었다면 오늘 이런 날씨도 없는 거라고 하
더라구.

준 그게 무슨 말이야? 난 도저히 이해가 안 되는데. 하늘이 뚫린
것 같이 내린 비가 어떻게 화창한 날씨를 만든 거야? 비가 마
법이라도 부린 걸까?

빈 나도 처음에는 이해가 잘 안되었는데, 그 다음에 아빠가 설명
해 준 것 듣고 이해가 되었어. 바다에서 파도가 하는 역할과
똑같았거든. 바다의 파도가 깊은 바다 속을 뒤집어 바다를 깨
끗이 만들 듯이, 비와 바람도 더러워진 공기를 깨끗하게 씻어
준대. 우리 눈에는 보이지 않지만 주위에는 먼지와 안 좋은
공기들이 둥둥 떠다닌다고 하더 라구.

준 그런 나쁜 공기를 비가 씻어주고 바람이 뒤집어주어 깨끗이
만들었던 거구나.

빈 오~ 우리 준이 바로 이해한 거야? 정말 대단한데. 형아가 아직 설명도 자세히 안 해줬는데.

준 나도 그 정도는 알거든. 근데 형아, 날씨는 왜 꼭 여행을 가거나 재미있게 놀려고 하면 안 좋게 변하는 거야? 너무 변덕스러워. 마치 우리가 재미있게 노는 것을 방해라도 하는 것 같단 말이야. 심술쟁이인가?

빈 너도 그렇게 느꼈어? 나도 그런 적이 많았었는데. 근데 날씨는 심술쟁이는 아닌 것 같아. 그렇게 나쁜 날씨를 주다가도 다음날이 되면 어김없이 기분 좋은 날씨를 선물해주는 것을 보면. 아마도 날씨는 더 좋은 날씨를 선물해주기 위해 변덕스럽게 구나봐. 비가 오거나 바람이 강하게 부는 날씨가 있어야 좋은 날씨를 맞이할 수 있기에.

준 어...형아 말을 들어보니 그것도 맞는 것 같네. 하기야 나도 기분이 엄청 나쁜 순간을 지나면서 기분이 왕창 좋아진 적이 많았거든.

빈 친구하고 싸우고 나면 더 친해지는 경우도 많아. 땅도 비가

왕창 오고 나니까 처음에는 질퍽질퍽해서 싫은데 며칠 지나
니까 엄청 단단해 지더라구. 신기하네. 뭐든지 좋은 것이 오
기 전에는 나쁜 것이 먼저 오나봐. 날씨가 화창하고 좋기 전
에 꼭 비바람이 일어나는 것처럼.

준 왜 그런지는 모르겠지만, 형아 말이 맞는 것 같아. 슬퍼서 왕
창 울고 나니까 기분이 오히려 좋아지는 것도 느꼈어. 걱정이
너무 되다가도 지나고 나면 걱정이 하나도 안 되기도 하고.

빈 자연도 그렇고, 우리들도 그렇고...이렇게 나빠지고 좋아지
고를 반복하는가봐. 앞으로는 나쁜 것이 오거나 기분이 나쁘
더라도 조금만 슬퍼하자. 곧 좋은 것이 왕창 온다는 신호니
까.

준 그러자, 형아~! 오늘 좋은 것을 배워서 정말 다행이야.

"꿈을 가지게 되면 가장 먼저 찾아오는 것이 시련이다!"라는
말까지는 아니지만, 나쁜 것이 다가오는 이유는 그 다음에 좋
은 것이 다가옴을 알리기 위한 신호라는 것을 빈이와 준이는
어렴풋이 알아갑니다. 변덕스런 날씨는 자연이 가진 풍요로

움을 보여주기 위한 것이라는 것을 통해, 슬픔이 다가오면 기쁨이 곧 다가오고, 화나는 감정이 일어나면 즐거운 감정이 다가오고 있음을 하나씩 깨달아갑니다.

《세상은 일터가 아닌 놀이터》

준이와 빈이는 요즘 놀이터에 푹 빠져있습니다. 언제 나가더라도 함께 놀 친구들이 항상 있고 좁은 집과는 달리 맘껏 뛰어놀 수 있는 공간이 그들을 반겨주기 때문입니다. 더불어 기상천외하게 생긴 놀이터는 숨을 곳도 많고, 짜릿함을 안겨주는 놀이기구도 두 형제의 재미에 맛있는 양념 노릇을 톡톡히 합니다.

준 빈이 형아~! 형아는 어디 놀이터가 좋아? 난 우리 아파트보다는 옆에 아파트 놀이터가 더 재미있던데.

빈 왜 옆에 아파트 놀이터가 더 좋아? 난 우리 놀이터에서 노는

게 더 재미있던데. 아는 친구들도 많고 가깝잖아. 옆 아파트 놀이터가 뭐가 좋아?

준 음...그건 잘 모르겠는데, 예전에는 우리 아파트 놀이터에만 갔었잖아. 근데 옆에 아파트 놀이터 가니까 새로운 놀이기구도 많고 또 다른 세상이있어. 그래서 더 좋아하나봐. 난 매일 똑같은 놀이기구는 싫거든.

빈 그건 그래. 새로운 놀이기구는 항상 우리를 행복하게 해줘. 근데 넌 아무데서나 다 잘 놀던데. 꼭 놀이터가 아니더라도 어디서나 신나게 뛰어 노는 것 같아 보였어.

준 그건 형아도 마찬가지잖아. 사실 꼭 놀이터가 아니더라도 어디든 재미있어. 온 세상이 재미로 가득 채워진 놀이터 같아 보여.

빈 하기야 그래서 엄마랑 아빠한테 자주 혼나지. 온 세상을 놀이터처럼 뛰어노니까. 놀이터가 아닌 곳에서 뛰어 놀면 왜 혼나야 하지? 이해가 잘 안 돼.

준 맞아. 그냥 신나게 뛰어놀면 그곳이 놀이터가 아닌가? 꼭 놀이터라고 적혀 있어야 놀이터는 아니잖아. 뛰어 놀 수 있는 곳은 모두 놀이터 인 것 같은데. 어른들은 왜 놀이터 밖에서는 맘껏 뛰어놀지 못하게 하지? 오히려 신나게 뛰어 놀 수 있는 것들은 놀이터 밖에 더 많아 보이는데.

빈 그게 참 이상해. 내가 보기에는 놀이터 밖이 훨씬 넓고 뛰어놀기 좋거든. 놀이터에는 미끄럼틀, 그네와 같이 매일 놀던 놀이기구만 있고 똑같애. 놀이터 밖은 매일이 달라 보여. 나무도, 풀도, 길도 매일 다름을 즐길 수 있는 재미난 곳인데. 놀이터라고 적혀있지 않으면 왜 놀지 못하게 하는 걸까?

준 어른들은 놀이터 밖은 놀이터라고 생각하지 않나봐. 밖에서 놀 생각은 전혀 안하는 것 같아 보이거든.

빈 그래?

준 모두 그런 건 아닌데...밖에서 여기저기 분주하게 움직이는 어른들을 보면 표정이 전부 좋지 않아. 뭐가 그렇게 바쁜지... 이렇게 재미나게 놀 수 있는 것들이 많은데. 웃으며 재미있게 즐기며 다니는 어른들을 잘 볼 수가 없어.

빈 그건 그래. 난 밖에 나가면 아주 많이 신나거든. 집안에서만 놀 때 보다 밖에 나가서 다양한 물건들을 보고 만지다 보면 정말 재미있어. 사실 집안에서는 놀 수 있는 장난감이 정해져 있는데 밖의 세상에는 가지고 놀 수 있는 것들이 무한한 것 같아. 세상이 온통 놀이터 같다는 느낌이 든다니까. 세상은 전부 놀이터인 것이 분명해.

준 원래 세상이 온통 놀 수 있는 놀이터인데, 무슨 이유때문인지 는 몰라도 작은 공간에 놀이터라고 적고 우리가 여기서만 놀 아야 한다고 만들어 놓은 것 같아. 이렇게 만들어 놓은 놀이 터는 더 신나게 놀기에는 너무 좁아. 새로운 것도 없고 항상 똑같아서 가끔은 재미 없을 때도 있어.

빈 지금 생각해보니 세상이 온통 놀이터라면 얼마나 좋을까? 그 렇게만 된다면 아무데서나 놀 수 있을 텐데.

준 우리는 그런데 어른들은 아닌가봐. 어른들 눈에는 세상이 놀 이터로 보이지 않고 일터로 보이나봐. 나무도 그냥 지나치고 물이 흘러가는 것도 아무렇지 않게 그냥 지나가버려. 눈에 안 보이나? 나는 나무를 보면 안아주고도 싶고, 잎과 꽃들에게는 말 걸면서 눈 맞추고도 싶은데…물이 흐르는 것을 보면 손도 담그고 싶고 물장난도 치고 싶은데…

빈 나무나 물이 집안에 있는 장난감보다 훨씬 재미있지. 마치 살아 움직이는 로봇 같다니까. 집안 장난감은 매일 볼 때마다 똑같은데 나무나 물과 같이 밖에서 만나는 친구들은 매일 다르게 우리를 맞이해주는 것 같아.

준 형아~! 그렇게 보니 세상이라는 놀이터 너무 재미있다. 우리들만 볼 수 있는 놀이터라는 사실이 좀 안타깝긴 하지만. 어른들은 재미있어 하지도 않고 즐거워하지도 않아서 슬퍼. 얼굴이 항상 어둡거든. 재미난 놀이터에서 얼굴이 어두울리 없잖아.

빈 어른에게 밖의 세상은 일터인 것 같아. 주말되면 엄마와 아빠가 가끔은 밖에 나가기 싫어하더라구. 피곤하다고…일을 하니까 피곤한 거잖아. 재미있게 놀면 절대로 피곤함을 못 느끼는데. 밖에는 어른들이 해야 할 일이 너무나 많아 보여.

준 엄마랑 아빠도 분명히 어렸을 때에는 세상이 온통 놀이터였을 거야. 그 때의 세상은 어땠는지 잘 모르겠지만 분명히 지금처럼 재미있었을 거야. 아마 지금보다 더 신나게 놀 수 있었는지도 모르겠다.

빈 네 말이 맞는 것 같아. 지금의 세상이 왜 어른들에게 놀이터가 되지 못하고 일터가 되어버렸는지 잘 모르겠지만, 그들도 분명히 아주 넓은 놀이터에서 신나게 놀았을 거야. 어른들이 어렸을 때에는 복잡한 건물도 없고 자동차도 그리 많지 않아 온통 뛰어 놀 수 있는 곳이었을테니까.

준 그렇게 생각하니 엄마와 아빠가 불쌍해. 이렇게 재밌는 놀이터를 알아보지 못하고 일만 하다니. 그냥 신나게 놀면 되는데. 놀 수 있는 놀이기구들이 얼마나 많은데. 어른들도 재미있게 놀 수 있게 하는 방법이 없을까?

빈 어른들이 세상에서 신나게 놀 수 있는 방법? 어른들의 일이라 확실히는 잘 모르겠지만 '세상은 일터가 아니라 놀이터이다.' 라고 생각하면 되지 않을까? 그리고 신나게 한번 뛰어다녀도 보고 점프도 해보고 웃어도 보고 그러면 안 될까?

준   나무도 한번 끌어안아보고 물장난도 쳐보고 꽃에게 말도 걸면서 만져보기도 하고. 이렇게 하다보면 우리처럼 세상이라는 놀이터에서 신나게 놀 수 있지 않을까?

빈   좋은 생각이야! 그렇게 몇 번 하다보면 어른들도 세상은 놀이터라고 생각하게 되어 신나게 뛰어 놀게 되고 이렇게 자주하다보면 어른들의 얼굴에도 재미라는 꽃이 피어날 것 같아.

준   맞아. 우리도 그렇게 해보고 나서야 세상이 온통 놀이터라는 사실을 알았잖아. 처음 보는 세상이 무서울 때도 있었는데 그냥 한번 뛰어보고 웃어보고 장난쳐보니까 재미있었어. 그래서 알았지. 세상은 재미가 엄청나게 넘쳐나는 놀이터라는 것을. 잘 만 놀면 한없이 재미를 안겨주는 놀이터라는 것을.

빈   이제 놀이터 밖에서도 엄마랑 아빠와 함께 달리기 경기도 해보고 함께 웃으며 나무도 끌어 안아봐야겠다. 물이 흐르면 함께 장난도 쳐보고 꽃에게 말도 걸어보도록 시켜야겠어.

준   이야~! 세상에서 가장 재밌는 놀이터가 되겠는데. 어떤 아파트의 놀이터보다도 더 크고 넓은, 더 재미난 놀이기구로 가득

한 그러한 곳이 되겠는걸. 어른들이 세상은 일터가 아니라 놀이터라고 생각하면 더 잘 놀아주겠지?

너무나 재미난 세상이라는 놀이터에서 일만하며 즐기지 않는 어른들을 보며 빈이와 준이는 다짐합니다. 엄마와 아빠에게 어렸을 적 신나게 놀았던 세상 놀이터를 다시 찾아주겠다고. 다시 찾은 세상이라는 놀이터에서 엄마와 아빠랑 함께 웃고 떠들며 물장난도 치는 행복한 나날을 상상하며 잠자러 가는 햇님을 바라봅니다.

《세상을 담다》

준 형아~! 그런데 저거 뭐야? 눈에 왜 자꾸 갖다 대는 거야? 저 안에 뭐라도 들어 있는 거야?

빈 아~ 이거! 이 안에 수많은 것들이 들어있어. 뭐가 들어있다고 특정하게 말할 수는 없지만 볼 때마다 다른 것들을 볼 수 있어. 너도 한번 볼래?

준 응 나도 보여줘! 도대체 뭐가 들어 있기에 형아가 저 작은 구멍을 매일 들여다보는지 너무 궁금했었거든. 조그만 상자 같은데 그렇게 많이 들어 있을 리가 없잖아. 내가 직접 확인해 봐야겠어.

빈 거짓말 아니거든. 그렇게 궁금하면 자 한번 들여다 봐. 내 말이 맞다는 것을 알게 될 거야. 단 조심히 봐야해. 이거 땅에 떨어뜨리면 아빠가 화 많이 낼 테니까.

작은 상자처럼 생긴 카메라 안을 들여다 본 준이는 렌즈를 통해 보여 지는 세상이 신기할 따름입니다. 하지만 잠시 뿐 금방 흥미를 잃고 형아에게 카메라를 넘겨줍니다. 카메라를 준이에게 받아 든 빈이는 렌즈를 통해 뭔가를 뚫어지라 보기 시작합니다. 빈이는 아무 흥미를 느끼지 못하는 준이에게 신기한듯 물어봅니다.

빈 어때? 뭐가 보였어?

준 그냥 뭔가 조그만 세상이 보이는데. 별로 재미는 없는 것 같아. 뭐가 재미있다고 형아는 그렇게 자세히 보는 거야?

빈 나도 처음에는 너처럼 그랬어? 카메라에 눈을 갖다 대고 보는 세상보다는 그냥 보는 세상이 더 좋아 보였거든. 근데 엄마와 아빠는 자꾸만 여기 작은 유리에 눈을 갖다 대는 거야. 그리고 뭔가를 누르더라구. 가만히 봤더니 카메라로 본 세상이 내 앞에 그림으로 나타난 거야. 정말 신기했어.

준 그래? 정말 신기하네. 어떻게 내가 바라본 지금을 그 때 그 모습 그대로 다시볼 수가 있지? 단지 작은 구멍에 눈을 갖다 대고 뭔가 한번 눌렀을 뿐인데. 근데 확실히 이것만 누른 것 맞아? 다른 뭔가가 있는것 아닌가?

빈 아니! 그건 아닌 것 같아. 내가 계속 지켜보고 있었거든. 단지 눈으로 카메라 안을 들여다보고 버튼하나만 눌렀을 뿐인데. 그래서 나도 한번 해봤거든. 정말 신기하게 똑같이 되더 라 구. 그 때 내가 본 그 순간을 그대로 담아내었어. 너무나 신기 해서 엄마에게 물어봤어. 이것이 뭐냐구? 이것이 '카메라' 이 고 똑같은 그림이 '사진' 이라고 하더라구.

준 그래? 근데 형아 그거 재밌어? 형아는 블록 장난감으로 건물 을 짓거나 로봇 장난감을 가지고 놀 때면 항상 카메라로 사진 을 찍잖아~

빈 처음에는 그냥 신기해서 장난감을 하나둘씩 찍었는데 찍는 순간에 재미있는 것은 아니야. 그런데 찍고 나서 어제 내가 블록으로 만들었던 것을 오늘 보게 되니까 재미있더라구. 사실 블록 장난감으로 건물하나 짓고 다른 건물 또 지으려면 부숴야 하잖아. 나는 그게 싫었거든.

준 맞아. 나도 그게 너무 싫어. 안 부수고 다른 것 만들고 싶은데, 그게 안 되더라구. 그래서 형아는 어떻게 했어?

빈 응. 하나를 만들고 카메라에 눈을 갖다 대고 버튼을 누르니 카메라 안으로 그 블록이 쏙 들어오는 것 있지. 어제 만든 것을 오늘 볼 수도 있고 저번에 만든 블록 건물을 내일 볼 수도 있는 마법이 펼쳐진 거야. 정말 신기하지?

준 정말? 어떻게 그럴 수가 있지? 정말 신기하다 형아! 가끔 엄마가 나한테 어떤 사진을 가져오며, "이 모습이 너 태어났을 때 모습이야"라고 말할 때 '무슨 소리지' 하고 생각했었거든. 나 아니라고 막 말했는데. 지금 생각해보니 그게 형아가 말한 이거였어. 그때 그 순간의 모습을 담아 놓았던 거야.

빈 이렇게 카메라에 세상을 담아놓으면 기억이 나지 않아 후회하지도 않을 텐데. 언제 어디서든 원하는 모든 것들을 맘껏 볼 수도 있고 지나간 추억들을 잊어버리지도 않을 텐데. 주위에 둘러보면 이렇게 하는 어른들은 별로 없는 것 같아. 지금 이 순간이 그리 기억하고 싶지 않은 건지? 아무렇지 않게 그냥 흘러 보내는 것 같더라구.

준 형아 말이 맞는 것 같아! 나는 하루하루 놀 때가 너무나 재미있어서 계속 놀고 싶은데. 지금 이렇게 재미있는 순간들을 어디에 담아놓고 두고두고 보고 싶은데. 형아처럼 카메라를 이용한다면 그게 가능할지도 모르겠어. 방금 내가 직접해봐서 더 해보고 싶은데.

빈 세상의 소중한 순간들을 담는 방법은 정말 다양한 것 같아. 니가 지금 재미있는 순간들을 담고자 마음먹었다고 하니까 내가 본 대로 알려줄게. 사실 나도 전부는 몰라. 그냥 내가 아는 대로만 알려 줄께.

준 그게 뭔데? 세상의 소중한 순간들을 담는 방법? 나도 내가 좋아하는 이 순간들을 어디에 담아놓고 계속 볼 수 있는 거야? 내가 어른이 되면 다른 어른들처럼 생각나지 않아 후회하기는 싫거든. 어서 알려주라.

빈 그래 우선 나처럼, 그리고 엄마와 아빠처럼 카메라에 담는 것
도 아주 좋은 방법인 것 같아. 내가 장난감들을 담아보았는데
장난감이 없어도 이 사진들을 보면 기분이 좋아 지더라구. 내
가 알기로는 엄마와 아빠가 너와 나의 어릴 적 사진들을 차곡
차곡 담아오고 있으니까 너무 걱정 말라고. 너의 과거가 고스
란히 담기고 있으니까.

준 우와 진짜? 나중에 엄마에게 내가 아기였을 때 사진 보여 달
라고 해야겠다. 너무 보고 싶었는데 생각이 잘 나지 않더라
구. '과거의 내 모습은 어땠을까?' 가 벌써 궁금해지네. 또 무
슨 방법이 있어?

빈 이번 방법은 우리가 좀 더 자라서 글씨도 배워야 가능한 방법
이야. 나도 아직 해보지는 않았지만 엄마랑 아빠는 연필이나
볼펜을 가지고 종이에 뭔가를 적더라구. 요즘은 스마트폰에
도 적던데. 이렇게 지금을 남기고 있는 것 같아. 나도 나중에
글씨를 배우게 되면 한번 해 보려구. 연필하고 종이만 있으면
될 것 같아 꽤 간단해 보였어.

준 근데 형아 그것까지는 좋은데 왜 꼭 지금을 남겨야 할까? 앞

으로 일어날 일도 많을 것 같은데?

빈 그래서 대부분의 사람들이 지금의 자신을 남기지 않아. 자신 주위에서 일어나는 모습들을 담지 않고 그냥 지나쳐버리지. 자신의 모습, 생각, 함께 하는 사람들과의 추억을 담지 않지. 이 모든 것들을 담아놓으면 처음을 돌아볼 수도 있고 다른 사람들과 공유하면서 더 행복한 시간들을 느낄 수 있는 대도 그렇게 하지 않는 사람들이 많아. 결국은 지금과 과거의 행복한 추억들을 기억 속에서 잊어버리지. 이렇게 하다 보니 초심을 잃어버리는 사람들도 있고 함께 했던 사람들조차 잊는 경우도 많아.

준 정말 형아 말이 맞는 것 같아! 나도 아기 때의 모습이 기억이 나지 않는 것을 보니...그래도 엄마랑 아빠가 내 모습을 담아 놓았다니 정말 다행이네. 지금부터라도 나도 형아처럼 내가 할 수 있는 방법으로 재미있는 지금을 담아 놓을까봐. 나중에 커서 보면 재미있을 것 같기도 하고 함께 놀았던 사람들이 누구인지를 알 수 있을 것 같아. 또 혹시 알아? 그 때 가서 다시 만나게 될지. 그러면 더 재미있게 놀 수 있는 거잖아.

빈이와 준이는 앞으로 담아낼 지금을 생각하며 지금까지 담아왔던 세상들을 하나씩 들여다보기 시작합니다. 그 중에는 엄마가 품어왔던 세상도 있고 아빠가 담아왔던 세상도 있네요. 빈이와 준이가 담아낸 세상이 아니기에 더 신비로움으로 다가옵니다.

《하늘에서 내리는 눈 VS
땅위에 쌓이는 눈》

준 와~! 눈 온다 형아! 어서 일어나봐. 하늘에서 눈이 와르륵 내
　려오는 것 같아.

빈 어디 어디? 정말 눈 오는 거야? 어~ 정말이네. 하늘에서 하
　얀 눈이 내리네.

어제 형아보다 늦게 잠자리에 들었음에도 조금이라도 더 젊
은(?) 에너지 덕분에 일찍 일어난 준이는 가족 중에 제일 먼
저 형아를 깨웁니다. 이번 겨울에 눈 오면 아빠 눈사람 만들
기로 이미 빈이 형아와 많은 얘기를 나누었기에 하얀 눈을 보
니 형아부터 먼저 깨워야겠다는 생각이 들었나봅니다.

준 우와! 예쁘다. 온 세상이 하얗게 변해버렸어. 형아~! 어서 뛰어나가서 눈사람 만들자. 엄마와 아빠가 깨기 전에. 눈 오면 눈사람 만들기로 했잖아.

빈 그럴까? 어서 나가보자.

빈이와 준이는 주위에 두꺼워 보이는 옷들을 챙겨 입고 현관문을 살짝 열고 밖으로 나옵니다. 아빠보다 더 커다란 눈사람을 만드는 행복한 상상을 하며.

준 아잉~! 눈이 다 어디로 간 거야? 하늘에는 분명히 하얀 눈이 계속 내리고 있는데...눈사람을 만들 눈은 다 어디로 간 거지? 눈사람 어떻게 만들라고?

빈 아! 그렇네. 땅에 닿여진 눈들이 이미 다 녹아버렸구나. 어떻하지? 이런 상태에서는 눈사람은커녕 눈덩이도 못 만들겠는데.

준 어떻게 해? 우리 눈사람 못 만드는 거야?

빈 일단 지금은 못 만들지만 조금만 더 기다려 보자. 하늘에서 하얀 눈이 계속 내리다 보면 땅위에 쌓이게 될 거야. 금방 되는 것은 아니고 조금 기다려야 해. 시간이 좀 필요하더라구.

준 언제까지 기다려야 해? 조금만 기다리면 정말 눈사람 만들 수 있는 거야?

빈 하늘에서 계속 눈이 내려만 준다면 분명히 땅위에 쌓일 거야. 그렇게 되면 당연히 눈사람 만들 수 있지.

준 앙~ 조금 전까지만 하더라도 하늘에서 오는 눈이 정말 반가웠었는데, 이제는 하늘에서 내리는 눈은 싫어. 땅에 쌓여 있는 눈이 더 좋단 말이야. 땅에 쌓여야 눈사람도 만들 수 있고 눈싸움도 할 수 있지.

빈 그래도 하늘에서 눈이 내려야 땅에 쌓이게 되니까 너무 싫어 하지마.

준 형아는 어느 것이 좋아? 하늘에서 내리는 눈이랑 땅에 쌓이는 눈 중에?

빈 사실 나도 땅에 쌓여있는 눈이 더 좋아. 너하고 똑같은 마음이거든. 눈사람도 만들고 싶고, 눈뭉치도 만들어서 눈싸움 하고 싶거든. 하늘에서 내리는 눈은 내릴 때 만 살짝 설레이더라구.

준 근데 어른들은 땅에 있는 눈보다 하늘에서 내리는 눈이 더 좋은가봐. 하늘에서 눈이 내릴 때는 그렇게 좋아하더니 땅에 눈이 쌓이니까 금새 치우더라고. 막 버리기도 하고. 빨리 녹기를 바라는 것 같아.

빈 그건 그래. 어른이 되면 하늘에서 내리는 눈이 더 좋은가봐. 하늘에서 내려오는 눈은 그냥 바라만 볼 수밖에 없는데. 만지는 순간 바로 없어지고... 뭐가 그리 좋을까? 분명히 어른들도 어렸을 적에는 우리처럼 땅에 쌓인 눈을 더 좋아했을 텐데.

준 내가 생각해도 좋은 것은 하나도 없어보여. 그냥 온 세상이 하얗게 바뀌니까 기분이 약간 좋아지긴 해. 이외에는 전혀 좋은 이유가 없어. 하늘에서 내리는 눈으로는 눈사람도 만들지 못하고 눈덩이를 굴리지도 못하는데.

빈 쌓인 눈은 무엇이든 원하는 것을 만들 수도 있고, 누워보면 폭신폭신하게 기분이 좋아지더라고. 하얀 눈 위를 밟고 지나갈 때 '사각사각' 나는 소리, 기분이 묘하게 좋아져. 뭐든지 쌓이는 것이 좋은 것 같아.

준 하늘에서 내리는 눈만으로는 당장에 세상이 하얗게 되어서 예뻐 보일 수는 있지만 결국 금방 없어져버리는 걸. 땅위에 쌓이는 눈처럼 처음에는 녹고 녹아 쌓이지 않지만 어느 순간이 되면 금방 쌓여버리는 것이 좋아.

빈 지금 생각해보니까, 처음에 땅위에 닿은 눈들은 땅이 차갑지 않기 때문에 녹았던 거야. 하지만 처음에 내려온 눈 덕분에 땅위는 차갑게 되고 이 후에 내려오는 눈들이 녹지 않고 쌓일 수 있는 환경이 만들어지는 거지.

준 아~ 그렇네. 처음에 땅위에서 녹았던 눈들이 없었다면 그 다음에 내려오는 눈들이 땅위에 쌓일 수도 없는 거네. 어느 정도 시간이 흘러야 하는구나. 이제야 형아가 왜 조금 기다려보자고 했는지 알겠어.

빈 　지금은 땅위에 눈이 쌓여있지 않지만, 지금 내려오는 눈이 다음에 내려오는 눈이 더 잘 쌓이게 땅을 차갑게 하고 있는 거야. 그래서 기다려보자고 한 거고. 시간이 지나니까 언젠가는 쌓이더라구. 그것도 아주 빠르게 쌓여.

준 　그랬으면 좋겠다. 아빠 눈사람 정말 만들고 싶었거든. 어른들이 일어나기 전에 눈이 쌓여야 하는데. 어른들은 분명히 밖으로 나와서 쌓여있는 눈들을 치울 거야. 미끄러우니까 위험하다고. 여기에다가 자꾸 밟고 지나가면 눈이 모두 녹아버릴지도 몰라.

빈 　맞아. 어른들은 하늘에서 내리는 눈을 보느라고 땅위에 어렵게 쌓인 눈들을 밟아버려. 얼마나 오랫동안 기다려서 쌓인 눈인데...너무 아깝더라구.

준 　왜 하늘에서 금방 없어질 눈을 보기 위해 땅위에 쌓인 눈들을 못 보고 녹게 만들까? 하늘에서 내리는 눈은 아무것도 만들 수 없지만 땅위에 쌓인 눈을 가지고는 원하는 것 맘껏 만들 수 있는데.

빈 금방 없어질 눈과 계속 남아서 뭔가를 만들 수 있는 눈 중 어느 것이 좋은 것인지 잘 몰라서 그렇겠지.

준 왜 그것을 모르지? 우리도 아는데. 어려운 문제는 아닌 것 같은데.

빈 아무리 어른이라도 모를 수 있어. 계속 한 곳만 보고 쫓다보면 그것만 보이거든. 아무리 좋은 것이라도 다른 것들은 보이지 않아. 너도 너한테 재미있는 만화만 보잖아. 내가 보기에는 너가 보는 것보다 내가 보는 만화가 훨씬 재밌 다고 몇 번을 말했었는데...

준 그건 그래. 형아가 아무리 재밌다 해도 내 눈에는 잘 안 보이더라구.

빈 어른들도 똑같을 거야. 아무리 우리가 땅위에 쌓인 눈이 더 좋고, 마음대로 만들 수 있다고 얘기해도 어른들의 눈에는 하늘에서 내리는 눈이 더 예뻐 보이겠지. 이미 쌓인 눈까지 밟아서 녹게 하는 것을 보면.

준 아~ 제발 땅위에 쌓여 있는 눈은 좀 안 밟았으면 좋겠다. 어렵게 쌓인 눈들이 사라지는 것 정말 싫거든. 원하는 것 모두 만들고 싶은데.

빈 와~! 이제 눈이 쌓이기 시작한다. 기다린다고 고생했어. 준아~! 자 이제부터 신나게 아빠 눈사람 만들어 볼까나. 어른들이 깨어나기 전에.

온 세상을 하얗게 덮어버리며 내려온 눈은 땅위에 조금씩 쌓이더니 급속도로 그 깊이를 더해갑니다. 원하는 것을 만들 수 있는 마법이 펼쳐지기 위해서는 당장이 아니라 참고 기다려야 함이 중요하다는 것을 몸소 깨닫는 빈이와 준이 형제. 그들에게는 금방 없어질 하늘에서 내려오는 눈을 보기 위해, 땅위에 쌓인 눈을 밟고 치우는 어른들이 야속하기만 하네요. 실제로는 기다림이 쌓여서 만든 땅위의 눈들이 더 소중한데도 말이죠.

《이 길 아니면 저 길》

몸은 여행지에 와 있지만 오늘따라 빈이와 준이의 머릿속은 온통 할아버지 댁으로 가득차 있습니다. 할아버지는 빈이, 준이랑 정말 잘 놀아줍니다. 할아버지가 손수 키우시는 배추, 오이 등이 열리는 것을 보며 아이들은 자연과의 교감에 신나합니다. 매일 볼 때마다 변하는 그 모습이 마냥 신기 한가 봅니다. 빈이는 준이에게 묻습니다. 우리 집에서 할아버지 집으로 가는 경로 중 어느 길을 선택하는 것이 가장 빨리 도착할 수 있는지를 묻습니다.

엄마의 도움을 받아 넓고 하얀 스케치북에 우리 집을 출발점으로, 할아버지 집을 도착점으로 그려 넣고 나름대로의 경로를 그려 넣기 시작합니다.

빈 준아~ 너 우리 집에서 할아버지 집까지 어떻게 가는 지 알어?

준 우리 집에서 할아버지 집까지? 아빠 차타고 가면 되잖아. 항상 그래 왔었는데.

빈 그 말이 아니구. 어떤 길을 통해서 가는지 아냐구? 혹시 아빠 차타고 못가게 되면 어떻게 갈려구 그래?

준 택시 타고 가면 되지. 엄마는 그렇게 가던데.

빈 아이구~ 그건 그런데. 그러면 다시 물을 볼께. 아빠 차랑 택시 타고 갈 때랑 같은 길로 갔어? 다른 길로 갔어?

준 음... 잠깐만 생각 좀 해 보구. 지금 생각해보니 조금 달랐던 것 같아. 택시는 차가 많은 큰 길로 갔었던 거 같고, 아빠 차는 골목으로 갔었던 것 같아.

빈 그렇지? 이제야 대화가 되네. 나도 처음에 아빠 차타고 갈 때에는 '이 길이 할아버지 집으로 가는 길이다' 라고 생각했었는데, 택시 아저씨는 다른 길로 가는 거야? 처음에는 잘 못가는 줄 알았지. 아무래도 택시 아저씨보다는 아빠가 할아버지 집에 더 많이 가봤을테니까.

준 맞아. 아빠가 할아버지 집에 더 많이 가 봤으니까 길을 더 잘 알겠지.

빈 이 후에 버스를 타고 가게 되었는데, 버스는 완전히 더 다른 길로 가는 거야? 순간 '이거 뭐지?' 라는 생각에 많이 헷갈렸어. 근데 순간적으로 우리 집에서 할아버지 집으로 가는 길이 왠지 더 있을 것 같은 느낌이 드는 거야.

준 형아! 가만히 생각해 보니까 할아버지 집으로 가는 길이 참 많은 것 같아. 할아버지 집으로 가는 또 다른 길이 분명히 있을 거야. 와~! 벌써 궁금해진다.

빈 그럼, 있고말고. 무작정 아빠 차를 타고 갈 때에는 몰랐었는데 택시나 버스를 타고 가다보니까 다른 길들이 보였어. 다른 택시 아저씨는 또 다른 길로 갈지도 몰라. 길이 많다보니 사람마다 자기가 좋아하는 길로 가는 것 같아.

준 형아 말처럼 각자가 좋아하는 길로 가는 것 같아. 아빠 차타고 갈 때 사실 나도 옆에 보이는 길로 가고 싶더라구.

빈 또 다른 길이 있다니 벌써 궁금해지는데. 사실 갈 때마다 같은 길로 가니까 좀 심심했었거든. 창밖을 봐도 저번에 봤던 건물, 길, 표지판 밖에 보이지 않더라구. 재미없어서 그냥 앞만 있었지. 근데 택시가 완전 다른 길로 가니까 내 눈에 들어오는 것들은 모두 새로운 것들이었어. 무엇을 봤는지 모두 기억이 나지는 않지만, 새로운 것들을 구경하니까 너무 재미있었어.

준 새로움은 언제나 재미있는 것 같아. 처음에 아빠가 하나의 길로만 갈 때에는 우리 집에서 할아버지 집까지 가는 길은 하나라고만 생각했었거든. 엄마도 다른 길로 가자고 한 적도 없고 아빠는 항상 아빠가 좋아하는 그 길로만 다녔고. 나도 당연하게 그 길 밖에 없다고 생각했었지. 근데 아니었어. 우리가 지금까지 가본 길만 세 가지야.

빈 내 생각에는 우리가 가보지 못한 길이 더 많을 것 같아. 할아버지 집에 가다보면 골목들이 엄청 많거든. 어느 골목으로 들어가더라도 할아버지 집으로 통할 것 같아. 그 길들은 분명히 우리를 할아버지 집으로 데려다 줄 거야.

준 지금 생각해보면 나 어린이집 차타고 가는 길이랑 아빠가 데려다 줄때 가는 길이랑 완전히 달라. 처음에는 아빠가 길을 잘 모르나 생각했었는데 신기하게도 아빠 차가 어린이 집 차보다 더 빨리 도착했어.

빈 걸어서 집 앞 마트 갈 때에도 엄마랑 갈 때랑 아빠랑 갈 때랑 완전 다른 걸. 엄마는 빵집 옆길을 좋아하고 아빠는 편의점 앞으로 가는 길을 좋아하더라구. 이유는 묻지 않았는데 갈 때마다 그 길로 가. 그 길 외에는 가지 않더라구. 진짜 각자가 좋아하는 길이 있나봐.

준 왜 그러지? 이 길로도 가보고 저 길로도 가보면 정말 재미있을 텐데. 같은 장면을 계속해서 보는 것은 지겨워. 새로운 길에 들어서면 처음 보던 가게와 사람들이 보이는데. 이런 것 자체가 즐거움을 안겨주는 것 같아. 완전 새로우니까.

빈 이제 집 앞 마트만큼은 나 혼자 갈 수 있을 것 같아. 엄마가 잘 다니는 길, 아빠가 잘 다니는 길을 모두 알아냈거든. 다음 에는 혼자 한번 가 볼까나?

준 형아~! 길 잃어버리면 어떻게 하려구 그래. 엄마나 아빠와 같이 가니까 길을 안 잃어버리지. 형아 혼자 다니면 길을 잃 어버릴지도 몰라.

빈 길을 잃어버려도 상관없어...새로운 길을 찾으면 되지. 마트 까지 가는데 하나의 길만 있는 것은 아니잖아. 엄마나 아빠가 다니는 길을 잃어버리면 내가 좋아하는 길로 가면돼. 너도 알 다시피 마트로 가는 길은 너무나 많거든.

준 그건 그렇지만...형아가 좀 걱정된다. 정해준 길로 가면 빨리 갈 수도 있는데 형아가 좋아하는 길이 어디인지 잘 모르잖아. 그 길이 마트로 간다는 보장도 없고.

빈 맞아. 그 길이 마트로 통하는 길이 아닌지도 몰라. 근데 재미 있을 것 같아. 혹시 그 길이 마트로 가는 길이 아니라면 또 다 른 길을 찾으면 되지. 내가 새롭게 하나씩 길을 찾아가면서 도착하면 돼. 시간이 약간 더 걸릴 뿐 문제되는 것은 아무것도 없는 것 같아.

준 우와~ 내가 직접 찾는 길이라구? 정말 재미있겠다. 그곳으로 향하는 길에는 내가 지금까지 보지 못했던 새로운 것들도 있겠지? 직접 길을 찾고 도착하면 얼마나 재미있을까? 마트로 가는 나만의 길을 한번 찾아볼 수 있다면, 더 용기를 내어 아마 할아버지 집으로 가는 나만의 길도 찾을 수 있을 것 같은데. 가다가 길을 잃어버리면 새로운 길을 찾으면 되니까 걱정도 안 되고.

빈 그래. 내가 원하는 목적지로 나를 데려다 줄 수 있는 길을 한 번만 찾아본다면 다른 곳으로 향하는 다른 길은 어렵지 않게 찾을 수 있을 거야! 새로운 길을 찾는 것이 그리 어려운 것은 아닌 것 같아. 단지 어색하고 낯설어서 어렵다고 느껴질 뿐.

준 형아~! 우리 어디로 가는 길 찾기 할까? 길 찾기 게임이 이렇게 재미있는 줄 몰랐었네. 다른 사람들이 만들어 놓은 길이 아닌, 내가 직접 찾은 길을 따라서 간다는 생각만 해도 너무 좋은 걸!

빈 아빠한테는 다음에 할아버지 집으로 갈 때에 다른 길로 가자고 해보자. 한 번도 가보지 않은 완전 새로운 길로. 우리가 지나가는 곳마다 새롭게 펼쳐질 집과 가게, 길들이 어떠한 모습으로 우리를 반겨줄 지 벌써 궁금해지네.

준 그래 좋아. 그 길에도 분명히 내가 좋아하는 뭔가가 있을 거야. 너무 기대돼.

빈이와 준이는 원하는 목적지에 가기 위한 길이 하나가 아닌 아주 많다는 사실을 알게 되었습니다. 혹여 다른 길로 가다가 길을 잃어버려서 헤매 여도 새로운 길을 찾으면 된다는 생각에 걱정보다는 설레임이 더 해 갑니다. 그들의 여정 속에서 싹을 틔우는 다양한 배움의 씨앗들이 하나씩 세상 밖으로 나와 풍요로운 삶을 비춰주기를 고대해봅니다.

"

진정으로 원하는 소원은
정성을 다할 때 비로소 이루어진다는
사실을 알게 된 두 형제는
오늘도, 내일도, 그 다음날도 계속해서
진짜 원하는 소원을
빌어보리라 단단히 다짐합니다.

"

CHAPTER

05

꿈으로 다가가다

5장

아빠가 회사에서 돌아올 시간이
다 되어서 저녁에 악당 놀이 할 생각하면
밥을 안 먹어도 힘이 난다니까.
배도 안 고프고 기분이 너무 좋아져.
마치 목이 너무 마를 때 시원한 물을
꿀꺽꿀꺽 마시는 그런 느낌이야.
생각만 해도 좋네.

《촉촉함》

준 우와 우와~! 신기하다. 형아 이것 좀 봐. 살아난다 살아나.
오~~~

일주일내 물을 한모금도 마시지 못한 채 거실 한 켠에 자리
잡고 있던 뱅갈 고무나무는 힘이 없는 듯 축 처져 있었습니
다. 아빠가 이를 발견하고 물을 주니 언제 그랬냐는 듯이 고
개를 뻣뻣이 들어 준이를 보고 반갑게 미소 짓네요. 준이는
이런 뱅갈 고무나무가 신기하기만 합니다.

빈 우와~! 진짜 금방 살아나네. 많이 목말랐나 보다. 아빠가 잎
에도 물을 부어주니까 더 생생해 보여. 마치 촉촉하게 젖은

브라우닝 과자 같아. 아~ 갑자기 촉촉한 브라우닝 과자 먹고 싶어지네.

준 형아~ 물은 정말 중요한 것 같아. 물을 안 주면 금방 이렇게 힘이 없어져서 고개를 숙여 버리네.

빈 넌 물 안마시면 어때? 괜찮아?

준 아니, 물 안 마시면 목이 메말라서 정말 힘들더라구. 솔직히 배고픈 것은 참겠던데 목마른 것은 정말 못 참겠더라.

빈 나도 그래. 목이 마른데 물을 안마시니까 목구멍 안이 텁텁해지고 너무 건조하게 느껴졌어. 온몸에서 힘이 쭉 빠져나가 축 져지는 그런 느낌이 들었어. 아무것도 하기 싫더라구. 아마 저 뱅갈 고무나무도 우리와 똑같은 느낌을 받지 않았을까?

준 그렇겠지? 나무도 어차피 생명체니까 물이 꼭 필요할거야. 저번에 할아버지 집에서 TV를 봤는데, 물이 없어서 쩍쩍 갈라져 있는 땅을 봤었거든. 땅이 왜 저렇게 되었냐구 할아버지 한테 물으니까 오랫동안 비가 안와서 땅이 물을 못 마셨다고...그래서 저렇게 땅이 목말라 하는 거라고 말하셨어. 갈라지고 메마른 땅을 보고 있으니까 내 몸이 마르고 있다는 느낌조차 들더라니까.

빈 무슨 느낌인지 알겠다. 나도 그런 장면 보고 있으면 마치 내 몸에서 물이 빠져나가는 것 같아. 우리 몸이든 초록이든, 땅이든 물이 없으면 메마르고 목말라서 무척이나 힘들어 하나봐. 건조해져서 갈라지기도 하고...우리 입술도 건조해지면 갈라져서 아프잖아.

준 저번 주말에 우리 가족 중에 내가 제일 먼저 일어났었거든. 잠에서 깨고 더 이상 잠이 안와서 햇님도 일어났을까 해서 창문 밖을 봤었어. 밖에는 비가 내리고 있었고... 아마 밤새 비가 내렸나봐. 세상이 촉촉이 젖어 있더라구.

빈 초록이들도, 땅도 모두 물을 엄청 마시고 있었겠구나.

준 응. 물을 끊임없이 마시고 있었어. 마치 다시는 물을 마시지 않을 것처럼. 순간 내 목도 마르다는 것을 알게 되었지. 지금 와서 생각해보면 잠에서 깨어나면 항상 물부터 찾게 돼. 목이 너무 말라서...

빈 그건 나도 마찬가지야. 잠자는 동안에는 물을 한모금도 못 마시니까 목안이 마를 수 밖에. 일어나자마자 물부터 찾게 되지. 목이 건조한 그 느낌 너무 싫어.

준 나도 목이 건조한 느낌 너무 싫어. 근데 형아, 그날 물을 맘껏 마시고 있는 초록이들과 땅을 봤을 때 어떤 느낌이 들었는 줄 알아?

빈 어떤 느낌? 너 목말랐다며? 그래서 물 마시러 갔다고 했잖아.

준 그런 느낌 말고...

빈 그럼 무슨 느낌?

준 물을 마시고 있는 초록이들을 보고 있는데, 초록이들이 즐겁게 웃고 있는 것 같았어. 마치 우리들이 놀이터를 향해 신나게 뛰어갈 때 그 표정이었어. 정말 신기해서 한참을 쳐다보고 있었지. 하마터면 밖에 나가서 같이 놀 뻔 했다니까.

빈 전날까지 잔뜩 메말라 있던 초록이들이 하늘에서 내리는 물이 너무나 반가웠나 보다. 그렇게 신나보였으면...마치 우리가 목이 너무 말라 시원한 물을 마셨을 때 그 느낌처럼.

준 아~~~ 그 느낌, 생각만 해도 너무 좋은데. 메말랐던 목 안이 촉촉해지는 그 느낌.

빈 하늘이 비를 뿌려주는 이유가 이것 때문 인가봐. 초록이들과, 땅, 모든 생명체들이 건조해지고 메말라서 힘들어하고 있을 때 하늘에서 비를 뿌려주면 온 세상이 촉촉해지지. 이 순간 힘들어하고 죽어가던 생명들이 다시 살아나서 신나게 노는 것 같아.

준 맞아. 생각해보니 형아 말이 맞는 것 같아. 딱딱하게 굳어버린 땅 위에 비가 내려 물을 뿌려주니까 물렁물렁해지면서 움직이는 것 같았어. 색깔도 환하게 바뀌었고.

빈 준아~ 너는 언제 기분이 좋아져?

준 나? 음...내가 하고 싶은 것 한다고 생각할 때.

빈 그렇지? 기분이 안 좋다가도 내가 하고 싶은 것 한다고 생각하면 기분이 갑자기 좋아지는 것 같아. 기분이 안 좋을 때에는 힘도 없고...아무것도 하고 싶지 않아. 마치 초록이들이 목말라하는 것처럼 온 몸이 축 처져 있다는 느낌이 들거든.

준 그래. 맞아. 나도 그럴 때에는 아무것도 하기 싫고 못하겠어. 그냥 가만히 누워있고 싶더라구. 왜 그럴까?

빈 초록이들과 땅이 목마를 때와 똑같지 않을까? 그들도 물을 제대로 못 마셔 건조해지면 축 늘어져 있잖아. 아무것도 하지 않고...

준 그 느낌이랑 비슷한 것 같아. 초록이가 목말라서 축 늘어져 있을 때와 내가 아무것도 하기 싫어서 가만히 누워 있을 때. 똑같은 것 같아.

빈 그래서 아빠가 항상 하고 싶은 일을 하면서 살아야 한다고 얘기하나봐. 하고 싶은 일이 아닌 일을 하고 있으면 왠지 재미없을 것 같아. 재미가 없으니 하기도 싫고…마치 축 처져서 가만히 누워 있는 우리처럼…힘없이 고개 숙여 있는 초록이 들처럼.

준 형아 말대로, 내가 하기 싫은 것을 엄마가 하라고 하면 힘이 쭉 빠지는 느낌이 들어. 아무것도 안하고 그냥 가만히 누워 있고 싶어져. 이 느낌…목이 너무나 마른 그런 느낌이야.

빈 하고 싶은 일을 하면서 사는 것… 마치 하늘이 세상에 비를 뿌려줘 온 세상을 촉촉하게 적시는 그런 느낌 아닐까? 하기 싫은 일 때문에 가만히 누워있다가도 내가 하고 싶은 놀이를 떠올리면 갑자기 온 몸에 힘이 들어가고 금방 일어나고 싶어 지는 것을 보면.

준 나도 그래. 아빠가 회사에서 돌아올 시간이 다 되어서 저녁에 악당 놀이 할 생각하면 밥을 안 먹어도 힘이 난다니까. 배도 안 고프고 기분이 너무 좋아져. 마치 목이 너무 마를 때 시원한 물을 꿀꺽꿀꺽 마시는 그런 느낌이야. 생각만 해도 좋네.

빈 하고 싶은 일만 하며 살수도 없고 하기 싫은 일만 하면서 살

수도 없는 것 같아. 오늘만 해도 하기 싫었던 일도 했었고 하고 싶은 놀이도 했었거든. 근데 하기 싫은 일만으로 하루가 채워진다면 정말 힘들 것 같아. 초록이들과 땅이 메말라가는 그런 느낌을 받을 것 같기도 하고.

준 아~ 그 건조한 느낌 생각만 해도 너무 싫다. 그래도 다행인 것은 하고 싶은 놀이도 하니까 건조한 느낌은 안 든다. 하기 싫은 것 하면서 메마르는 듯 한 건조함 느끼다가 하고 싶은 놀이 시작하면 온 몸이 촉촉해지면서 힘이 생겨.

빈 오~ 촉촉해지면서 힘이 생기는 그 느낌 알지. 역시 사람은 하고 싶은 일 하면서 살아야 하나봐. 저번에 정말 일찍 일어난 적 있었거든. 햇님도 뜨지 않아 밖은 깜깜했어. 목이 말라 물 마시러 가는데 아빠 방에서 불빛이 새어 나오는 거야. 문을 살짝 열어서 보니까 아빠가 책을 읽고 있는 거야. 아빠는 분명히 전날 늦게 자서 피곤했을 텐데 책을 읽고 있는 모습이 너무 행복해 보였어. 피곤한 기색도 없었고.

준 책, 아빠가 제일 좋아하는 것 중 하나잖아. 좋아하는 일을 하고 있으니까 피곤하지 않고 행복하게 느끼겠지. 그렇게 아침 일찍에도.

빈 아빠도 회사만 왔다 갔다 하면 얼마나 지겨울까? 별로 좋아해서 회사 가는 것은 아닌 것 같던데. 아마 재미없고 건조할거야. 근데 책장을 넘기는 순간만큼은 완전 다른 표정이더라구. 너무나 행복해 보였어. 해야만 하는 일로 가득한 아빠의 건조한 하루에 촉촉함을 더해주는 것처럼.

준 건조한 하루가 촉촉해진다는 의미...말로 표현하기에 조금 어렵기는 하지만...그 느낌만큼은 알 수 있을 것 같아. 마치 메마른 손수건에 물을 묻힌 것처럼, 꺼칠꺼칠한 손에 로션을 바른 것처럼, 아침에 일어나서 물 한잔 마시는 그런 느낌이랄까?

빈 하고 싶은 것을 조금씩이라도 하고 있는 삶이 건조한 하루를 더욱 촉촉하게 만들어주는 것 같아. 대부분의 어른들 표정에는 촉촉함을 찾을 수가 없어. 근데 건조한 삶 속에서도 자신이 좋아하는 무엇인가를 하는 어른들은 밝은 표정과 함께 너무나 행복해 보여. 표정에서 촉촉함이 묻어난다니까.

준 형아~! 하루 종일 우리가 좋아하는 일을 할 수 없을지는 모르지만, 그래도 하고 싶은 것들을 많이 하자. 그래야지 오늘 하루에 촉촉함이 묻어날 것 같아. 메마르지 않고.

빈 그러자 준아~! 하고 싶은 일을 찾아 나서보자. 그리고 될 수 있으면 하기 싫은 것보다 하고 싶은 것들을 더 많이 하면서 살자. 우리의 오늘이 더욱 촉촉해질 수 있도록.

빈이와 준이가 바라본 어른들의 표정은 메마르고 메말라 건조함이 가득해 보입니다. 자신의 오늘에 하고 싶은 일은 전혀 외면한 채, 하기 싫은 일에만 억지로 매여 사는 그런 삶이 그리 촉촉해보이지는 않습니다. 마치 수분이 없어 마르고 말라 축 쳐져 있는 초록이들처럼, 그들의 삶 또한 축 늘어져 있는 것처럼 보입니다. 빈이와 준이 자신의 오늘에 촉촉함을 더해줄 그 무엇인가를 향한 발걸음은 설레임으로 가득차 있습니다.

《원하는 마음이 쌓이면》

오랜만의 가족여행에 신난 빈이와 준이는 날이 어두워짐을
아쉬워하며 숙소 안으로 발길을 서두릅니다. 숙소로 가는 길
이 평소와는 다르게 환히 비춰져 있음을 알게 됩니다. 뭔지는
잘 모르겠지만 이전과는 뭔가 다름을 느낀 빈이는 노란 얼굴
을 하고 까만 하늘위에서 아래를 내려다보는 달을 발견하게
되네요. 유난히도 둥근 달을 의아해하면서도 두 형제는 집 안
으로 들어가는 길을 재촉합니다.

빈 준아~! 조금 전에 우리가 안으로 들어올 때 하늘 위에 떠 있
   던 것 봤어?

준 하늘 위에 떠 있던 것? 까만 하늘 위에? 혹시 노랗고 동그란 달? 계란 노른자 같이 생긴 것?

빈 역시 너는 모든 것을 먹는 것과 비교하네. 너도 봤구나. 평소와는 다르게 엄청 크더라구. 달은 여러 모양이 있는데 오늘처럼 둥그렇게 떠 있는 달을 보름달이라고 한데. 보름달이 뜨면 밤인데도 엄청나게 밝아. 낮처럼은 아니지만 밤중에도 밝은 밤이지.

준 우와~ 정말? 매일 보름달이 떠 있으면 좋겠다. 그러면 밖에서 계속 놀 수 있을텐데. 어두워지니까 그만 놀고 들어와야 하잖아. 보름달 계속 떠 있게 할 수 있어?

빈 어. 그건 안 될 것 같은데. 하늘에 떠 있는 것이라서. 준아, 보름달이 뜨면 뭐해야하는지 알아? 노는 것 말고.

준 보름달이 뜨면? 뭘 해야 하는데?

빈 너 모르는구나. 나도 저번 보름달 뜰 때 아빠한테 들은 건데. 보름달이 뜨면 소원을 말해야 하는 거래. 보름달을 보고 소원

260
아는 것을 알고 있다면

을 말하면 소원이 이루어진다고 해.

준 정말? 정말 보름달 보고 소원 말하면 소원이 이루어지는 거야? 신기하네.

빈 나도 아직 보름달 보고 소원을 빌어보지는 않았어. 엄마랑 아빠는 보름달보고 소원 말하던데. 이루어졌는지 안 이루어졌는지는 잘 모르겠지만.

준 형아 근데, 형아 말처럼 보름달보고 소원 말해서 다 이루어진다면 소원 이루기가 정말 쉬운 거네. 모두 소원대로 살 수 있는 거구.

빈 그건 그런데. 소원을 말한다고 해서 모두 이루어지는 것은 아니고 정성을 다해서 말해야 하는 거래. 소원이란 것은 정성을 다해서 원해야 이루어진다고 하더라구.

준 정성을 다해서 원해야 이루어진다고? 정성은 어떻게 다하는 건데? 큰 소리로 말해야 하나? 아님 속삭이면서 말해야 하는 건가? 그것을 가르쳐줘야지.

빈 내가 알려줄게. 나도 아빠한테 물어봤었거든. 너처럼 정성을 다한다는 말의 의미를 잘 몰라서. 아빠가 이렇게 말하는 거야. "정성을 다해 소원을 원한다는 의미는 매일 매순간 언제 어디서나 자신의 소원을 바래야 하는 거야. 한번 소원을 바라고 잊어버리면 그런 소원은 절대로 이루어지지 않아. 한번 바라고 잊는다는 것은 간절하지 않다는 의미란다."

준 그건 그렇긴 한데. 보름달이 매일 뜨지는 않잖아. 보름달이 매일 떠 있으면 소원을 매일 말할 수 있을 텐데, 그렇지 않잖아. 어떻게 해야 해? 그리고 그거랑 형아가 카메라로 보름달 사진 찍는 거랑 무슨 상관이지?

이렇게 소원을 이루는 방법에 대해서 말하면서도 여느 때와 같이 카메라를 눈에 갖다 대며 노랗고 동그란 보름달을 담아내는 빈이를 바라보며 준이의 눈빛에 의아함이 맺힙니다.

빈 상관있지. 나는 오늘의 보름달을 카메라에 담아놓고 계속 볼 거야. 내일도 보고 그 다음날도 보고, 또 그 다 다음날도 계속 보면서 소원을 말할 거야. 친구랑 놀이터에서 달리기 시합 할 때도 지금 찍은 보름달 사진 보면서 이기게 해 달라구 말할 거구. 아빠랑 악당놀이 할 때도 나쁜 악당을 한방에 물리칠 수 있는 힘을 달라고 소원을 말할 거야.

준 우와~! 그럼 계속 소원을 빌 수 있는 거네? 사진을 찍어놨으니까 언제 어디서든 원할 때면 볼 수 있고, 소원도 계속 말 할 수 있고.

빈 그럼. 이제야 이해가 돼? 내가 왜 지금 이 순간의 보름달을 카메라에 담아놓고있는지. 사실 정성을 다해서 소원을 빈다는 의미를 아빠한테서 들었지만 무슨 뜻인지 이해가 잘 되지 않아서 엄마한테 물어봤지.

준 엄마가 뭐래?

빈 엄마도 정성을 다해서 소원을 빌었던 적이 있었대. 엄마는 어릴 적 소원이 선생님이 되는 것이었는데. 선생님이 되려면 어려운 시험을 통과해야 하나봐. 처음에 준비할 때에도 정말 열심히 공부를 했었는데 결국 시험에서 떨어졌다네. 두 번째 시험 준비하면서는 공부도 열심히 했지만 매일 소원을 빌었다고 해. 선생님이 꼭 되게 해 달라고 매일 간절히 빌었었데.

준 그래서 선생님이 된 거구나. 엄마도 선생님이 쉽게 된 것은 아니네. 엄마가 간절하게 정성을 다해 소원을 빌었기에 원하는 선생님이 되었구나.

빈 그래. 나도 엄마를 다시 보게 되었다니까. 이렇게 하는 것이 정성을 다하는 거래. 한번 소원을 비는 것이 아니라 보고 또 보고, 매일 볼 때 비로소 정성이 만들어진다고 해. 아빠가 원하는 꿈 적어서 벽에 붙여놓았을 때 왜 저러나 싶었는데. 지금에 와서 보니 아빠도 꿈에 정성을 다하고 있었던 거야.

준 아~ 그렇네. 저거 맞지? 저렇게 붙여놓고 아침에도 보고 저녁에도 보고 하면 정말 이루어지겠다. 아무래도 한번 원하는 것보다는 매일 원하면 더 빨리 이루어지겠지?

빈 그럼. 당연하지. 저번에 만화영화 봤었는데 원래 꿈이 이루어지는 원리가 그런 거래. 한번 빌었다고 이루어지는 것이 아니라 매일 매순간 원하는 마음이 쌓이면 간절함이 되어 정성이 만들어진데. 근데 대부분의 어른들은 보름달 한번 뜨면 그것 보고 한번 빌고 이루어지기를 바래. 그건 좀 아닌 것 같다는 생각이 드네. 정성이 없잖아.

준 그래서 형아가 카메라에 보름달을 담았구나? 매일 보고 또 보면서 소원에 정성을 담으려구.

빈 와우~! 내 동생 정말 눈치 빠르네. 이 형아의 깊은 생각을 알다니. 이제는 조금만 설명해주면 금방 안다니까. 이제 진짜 오빠 형아 해도 되겠다.

준 그럼! 난 이미 오빠 형아거든. 아직 형아 보다는 잘 모르지만 차근차근 설명해주면 안다구. 어른들이 설명을 잘 안 해 줘서 그렇지.

빈 그건 그래. 어쨌든 이제 소원 이루는 방법을 알았으니까 원하는 소원 있으면 우리가 배운 방법대로 하면 되는 거야. 매일 보고 또 보고, 잊지 않고 계속 원하면 꼭 이루어질 거니까.

준 그래. 사랑하는 형아야! 오늘도 너무 고마워. 평소에 진짜 원하는 것이 많았는데 어떻게 이루는지 잘 몰라서 힘들었거든. 이제야 알았네. 오늘 형아한테 배운 대로 꼭 해서 원하는 소원 모두 이루어야지.

진정으로 원하는 소원은 정성을 다할 때 비로소 이루어진다는 사실을 알게 된 두 형제는 오늘도, 내일도, 그 다음날도 계속해서 진짜 원하는 소원을 빌어보리라 단단히 다짐합니다. 진짜 이루어지기를 원하는 소원이라면 한번, 두 번 원하는 것이 아니라 계속해서 끊이지 않고 원해야 이루어짐을 알게 되었네요. 내일은 또 어떤 소원을 원할까를 생각하며 두 형제는 까만 하늘 위에 노랗게 홀로 떠 있는 보름달을 향해 미소를 짓습니다.

《한번 해봄》

준 형아~! 조금 전에 무슨 일 때문에 아빠한테 혼난 거야? 집에
    서 여기까지 오는 도중에 나는 잠들었잖아. 무슨 소리가 들리
    기에 눈을 살짝 뜨니까 아빠한테 형아 혼나고 있었던 것 같던
    데. 무슨 잘 못 했어?

빈 언제? 내가 왜 혼났지? 나도 한숨 자고나니 왜 혼났는지도
    모르겠네.

준 기억 안 난다구? 웃겨. 형아 조금 전에 네비게이션 막 만지다
    가 아빠한테 계속 혼나던데. 목적지 정해놨다고 해도 형아가
    계속 만지니까 아빠는 계속 혼내고. 내가 똑똑히 봤거든. 이

래도 기억 안나?

빈 아하~ 이제야 기억난다. 그랬었지. 근데 난 왜 잊고 있었지?

준 그러니까 계속 혼났지. 잊고 또 만지고 잊고 또 만지고 하니까. 왜 그런 거야? 혼날 줄 뻔히 알면서...

빈 왜 그런 거냐구? 그냥, 한번 해보고 싶었어. 화면에 버튼이 많은데 아빠는 계속 눌렀던 버튼만 누르는 거야. 누르는 버튼만 계속누르면 같은 화면만 계속 나왔거든. 근데 다른 버튼을 누르면 무슨 화면이 나오는지가 너무나 궁금했어. 그래서 그냥 누른 것뿐이야. 잘못된 건가?

준 궁금해서 누른 것은 잘못이 아닌 것 같은데, 아빠가 설정해 놓은 대로 안 되니까 화난 거겠지. 형아도 알다시피 아빠가 길을 잘 못 찾아가잖아. 그건 형아가 이해해.

빈 그러면 다행이구. 하나씩 누를 때마다 다른 화면들이 나오니까 엄청 신기하고 재미있는 거 있지. 아직 못 눌러본 버튼이 있어서 언제 눌러볼까 고민 중이야. 아빠가 또 화내겠지?

아는 것을 알고 있다면

준 아빠가 화내도 형아는 또 할꺼 면서. 근데 형아~! 내가 보기에는 형아가 아빠보다 네비게이션 더 잘 다루던데. 다양한 화면들을 자유자재로 마음대로 막 바꾸더라구. 형아 말대로 아빠는 봤던 화면만 계속 보거든. 잠에서 깨어 얼핏 들었는데, 그렇게 혼내던 아빠도 나중에는 "어떻게 이런 기능 알어?"하고 오히려 형아에게 물었던 것 같던데.

빈 응 맞어. 너 잘 들었네. 아빠가 처음에는 이상한 화면이 나오니까 나를 혼내더니 내가 바로 원래 화면으로 돌아가는 버튼 눌렀거든. 이렇게 몇 번하니까 아빠가 나를 신기한 듯 쳐다보면서 이런 기능 어떻게 아냐고 오히려 묻는 거야.

준 그래? 그래서 뭐라고 대답했어?

빈 그냥 한번 해봤다고 했지. 한번 눌러봤다고 대답했어. 그랬더니 원래 화면이 돌아왔거든. 그래서 알게 되었지. 저 버튼은 원래 화면으로 돌아오는 버튼이라는 것을. 이후로 너무 재미있어서 화면 색깔도 바꿔보고, 자동차 종류도 바꿔봤지. 솔직히 그리 걱정스러운 일은 일어나지 않더라구.

준 맞아. 아빠가 화내는 것을 봐서는 잘 못 누르면 큰 일이 일어날 것처럼 보이던데, 차가 갑자기 멈춘다거나 네비게이션이 폭발한다거나... 뭐 이런 거 말이야. 다른 화면으로만 바뀔 뿐 아무 일도 일어나지 않았어.

빈 근데 한번 해보면 놀라운 일이 벌어진다. 아빠처럼 다른 것 안 하고 계속 하던 것만 하면 잘 몰라. 다른 버튼이 왜 저 위치에 있는지? 저 버튼을 누르면 어떻게 되는지? 이런 것 잘 몰라. 그냥 누를 필요 없고 편하니까 원래 누르던 버튼만 계속 사용하는 거야. 그것이 아빠가 나보다 네비게이션에 대해 더 모르는 이유이지. 나는 그냥 한번 해봤고, 아빠는 한번도 안 해봤고.

준 그래 형아 말이 맞네. 한번 해봄과 안 해봄의 차이~! 형아 멋있다. 아빠보다 더 잘 알다니. 역시 나의 형아야~!

빈 준아 너 저번 여름에 우리 가족 모두 수영장 갔을 때 처음으로 미끄럼틀 탔었잖아. 그 때 기분이 어땠어? 아빠가 괜찮다고 해도 처음에는 무섭다고 안타는 것 같던데.

준 아~ 높은 곳에서 꼬불꼬불 내려오는 그 미끄럼틀? 솔직히 처음에 아빠가 저거 타자고 했을 때 정말 무서웠거든. 너무 높아보였어. '만약 저기서 떨어지면...' 이런 생각이 드니까 근처에도 못 가겠더라구. 절대로 저거 안타겠다고 마음먹었었거든. 형아도 알잖아. 나 높은 장소에 서 있는 것조차 엄청 무서워 한다는 거.

빈 그럼 알지. 너 놀이터에 있는 작은 미끄럼틀 타는 것도 처음에는 엄청 무서워했잖아. 근데 수영장에서 그렇게 무서워했던 미끄럼틀을 아빠 손 붙잡고 계속 타러 가더라. 내가 보기에는 이제 니가 아빠 데리고 타러 가던데. 무슨 일이 일어난 거야?

준 처음에 엄청 무서웠거든. 그래서 절대로 안타겠다고 마음먹었었는데, 가만히 보니까 나랑 비슷한 아이들도 엄청 재미있게 타더라구. 순간 생각했지. '저게 재밌나? 아래에서 보기에는 엄청 높아 무서워 보이는데 위에 올라가면 안 무서운가?'라는 생각이 들었지. 일단 아빠 손잡고 위에 한번 올라가보기로 결심한 거야. 혹시 위에 올라가서도 무서우면 다시 내려오면 되니까.

빈 위에 올라갔어? 올라가니까 어땠어?

준 올라갔는데...더 무서운 거야. 아래에서 볼 때보다 더 높아보였고...흑~ 그 때의 기분은 완전 별로였어. 같이 올라가자고 한 아빠가 너무 밉더라구. 위에 올라가자마자 다시 내려오려고 계단을 보았는데 올라오는 사람들이 너무 많아서 못 내려가겠더라구. 올라 올 때는 잘 몰랐는데 계단으로 다시 내려가려니까 더 무서웠어.

빈 그랬었구나! 그래서 어떻게 했어? 계단으로 내려온 거야? 미끄럼틀 타고 내려온 거야?

준 어쩔 수 없이 미끄럼틀 타고 내려왔어. 아빠랑 같이.

빈 무서웠는데? 너 대단하다

준 근데 한번 해보고 나니까, 이상하게 한 번 더 해보고 싶은 거야. 또 하니까 또 해보고 싶어지는 것 있지. '이거 뭐지?' 분명히 하기 전에는 무서웠었는데 하고 나니까 하나도 안 무서웠어. 오히려 하면 할수록 재미있었어. 왜 그런지 형아는 알아? 난 그 이유를 아직 잘 모르겠어.

빈 원래 그래. 나도 너처럼 그랬었거든. 아기 때에는 놀이터에 작은 미끄럼 틀 조차도 무서워보여서 근처에도 안 갔었는데 막상 타보니까 정말 재미있었어. 수영장의 미끄럼틀도 너무 높아 보였거든. 근처에도 가기 싫었어. 근데 한 번 해보니까 무서운 마음은 물러나고 그 자리를 재미가 차지했었어.

준 형아도 그랬어? 정말 신기하다. 어떻게 무서운 마음이 순식 간에 재미로 바뀔 수가 있지. 분명히 뭔가가 있는 것 같은데.

빈 정확히 뭐가 있는지는 잘 모르겠지만, 내가 책에서 봤는데... 한 아이가 밤에 자다가 깨었났어. 문 옆에 보이는 검은 커튼 을 보고 너무 무서워서 꼼짝도 못하고 있는데 거기서 아이가 좋아하는 강아지가 나온 거야. 그랬더니 아이가 너무나 좋아 하고 재미있어했어. 그러더니 잠을 안자고 그 강아지랑 놀이 만 하는 거야. 커튼 뒤에 강아지가 숨고 나타나고 숨고 나타 나고...

준 무슨 말이야? 그 이야기가 이거랑 무슨 관련이 있어?

빈 밤에 잠에서 깬 그 아이가 커튼을 보고 왜 무서워했는지 아니? 무섭다고 생각했기 때문이야. 커튼 뒤에 무엇이 있는지 알지도 못하는데 무섭다고 생각하니까 무서운 거야. 근데 커튼 뒤에서 강아지가 나타나니까 무서웠던 마음은 순식간에 사라지고 재미로 바뀐 거야. 그 다음부터는 아무리 밤에 커튼을 보더라도 무섭지 않고 오히려 신나했지.

준 아~! 그렇구나. 무섭다고 생각하면 무섭고, 재밌다고 생각하면 재미있는 거네. 형아랑 나처럼, 높은 미끄럼틀을 보기만 할 때에는 무섭다고 생각해서 무서웠고 실제로 한번 타보니 무섭기는커녕 오히려 너무나 재미있었고. 그 때부터는 미끄럼틀만 보면 신나게 달려가는구나.

빈 그래, 맞아. 그러고 보면 무서움이라는 녀석은 겁쟁이 같아. 그렇게 힘 쎄다고 우리를 무섭게 하더니 한번 해보는 순간 순식간에 사라지니 말이야? 너 무서움이라는 녀석 봤어?

준 아니, 한 번도 못 봤어. 아기 때도 못 봤고 지금도 안보여. 원래 없나봐. 단지 생각만하니까 무서운가봐. 한번 해보면 금새 사라지는데. 한번 해보는 것, 무서움을 없애는 좋은 방법이네. 앞으로 무서움이 생기면 한번 해 봐야겠다.

빈 그렇네. 똑똑한 내 동생~! 무서우면 그냥 한번 해보자. 지금까지 그래왔듯이 앞으로도 한번 해보는 순간 무서움은 우리한테서 도망칠 테니까. 우리가 무서워서...

오늘의 위대한 여정에 한걸음 내딛은 빈이와 준이 형제는 드디어 무서움의 실체를 알았네요. 아니, 무서움이 실체가 없는 녀석이라는 것을 알았네요. 무서움을 쫓아내는 가장 좋은 방법이 '한번 해봄'이라는 것도 알아 냈구요. 이제 두 형제의 앞날에 무서움은 나타나지 않을 것입니다. 한번 해보는 두 형제가 무서워서...

《한걸음 한걸음씩》

준 형아~! 나는 언제쯤 계단을 내 발로 오를 수 있을까? 처음에
는 엄마와 아빠 품에 안겨 오르는 계단이 편했는데 지금은 좀
불편하거든. 이제는 내 발로 계단을 오르고 싶네.

빈 왜? 너 엄마와 아빠 품에 안겨서 계단 오를 때 아주 편해 보
이던데? 아기는 그냥 엄마와 아빠 품에 안겨서 오르면 돼.

준 나 더 이상 아기 아니거든. 어린이집에서도 오빠 형아 거든.
사실 처음에는 엄마와 아빠 품에 안겨서 오르는 것이 편했었
는데 무거운 나를 안고 오르는 엄마와 아빠가 힘들어 보이기
도 하고...내가 요즘 좀 많이 먹어서 살이 약간 붙었잖아. 가

끔 나도 내가 힘들어 질 때가 있더라구. 그래서 그런지 이렇게 마냥 안겨만 있으니 그리 편하지는 않아. 특히 더울 때는 땀도 많이 나서 불편하더라고.

빈 하기야 나도 너처럼 어렸을 적에는 그랬었어. 처음에는 엄마와 아빠에게 의지했던 것이 편하게 느껴졌었지만 내 맘대로 아무것도 못하니 너무나 답답하더라구. 위에서 아래를 보니 계단정도는 나 스스로도 충분히 오를 수 있을 것 같았거든.

준 내가 딱 지금 그런 상황이야! 안겨서 오르니 내가 하고 싶은 것은 아무것도 못하겠더라구. 형아처럼 계단만큼은 나도 자유자재로 오르고 내릴 수 있을 것 같은데. 엄마와 아빠에게 내려달라고 말해볼까?

빈 그것도 좋은 생각이야! 분명히 엄마와 아빠도 좋아하실 거야! 힘도 덜 들 테니. 어서 말해보렴!

준이는 오늘만큼은 첫 계단에서 안아주려는 엄마의 손을 뿌리치고 혼자 올라가겠다고 떼를 씁니다. 준이의 고집에 엄마는 손만 가볍게 잡아준 채 준이의 한걸음 한걸음에 발을 맞추어 가며 함께 계단을 오릅니다.

준 형아~! 어제 무슨 일이 있었는지 알아?

빈 아니 무슨 일인데? 너 혹시 엄마 손을 거부한 채 혼자 계단을
    올랐어?

준 처음이라서 그 정도까지는 아직 못했지만...그래도 엄마에게
    안기지는 않았어. 형아 말대로 엄마의 손을 뿌리쳤지. 나 스
    스로 계단을 오르려고 했는데 불안했던지 엄마가 손을 내밀
    더라구. 모른 척 하고 슬쩍 잡았지.

빈 오~! 잘 했네. 처음에는 나도 그랬었거든. 혼자 오르려니 균
    형을 잡지 못하고 넘어 질 것만 같았어! 막상 계단 앞에 서니
    엄마 품에서 봤던 계단과는 또 다르게 보이더라구. 생각했던
    것보다 너무 높아 보였어. 순간 약간 겁이 났었는데 엄마가
    옆에서 살짝 손을 잡아주어서 첫 번째 계단을 오를 수 있었
    지.

준 근데 형아! 이것까지는 좋았었는데 어느 순간 엄마는 나를 다

시 안더라구. 바로 윗 계단만을 바라보며 한발자국씩 내딛고 있었는데 순식간에 내 두 발은 붕 띄워져서 엄마 품에 안겨 있었어. 너무나 순식간에 일어난 일이라서 어떻게 해 볼 수가 없었어. 엄마는 갑자기 왜 날 안은 거야?

빈 아~ 그거! 나도 같은 경험했었는데, 엄마 입장에서는 계단을 느리게 오르고 있는 니가 답답해 보였던거지. 마냥 기다린다 는 것이 사실은 힘들거든. 그래서 얼른 안고 순식간에 계단을 오른 거야. 엄마가 안은 순간 기분이 어땠어? 힘든 계단을 스 스로 안 올라도 되니까 편했어?

준 아니! 전혀. 난 한계단한계단씩 지금의 내가 할 수 있는 것을 하려고 했는데, 그것도 모르고 안은 엄마가 좀 밉더라. 나 스 스로 계단을 충분히 오를 수 있다고 얘기했는데도 이를 무시 한 것 같기도 하구. 그렇게 엄마 품에 안겨서 계단을 모두 오 르니 뭔가 찝찝했어. 내가 못 오른 계단이 머릿속에 계속 생 각나기도 하구.

빈 그러게. 너랑 같은 경험 나도 했었지. 물론 나도 내가 오르지 못한 계단들이 계속 생각나더라구. 너와 똑같은 느낌이었어.

어른들은 왜 이렇게 서두르는지. 계단은 한계단한계단씩 오르라고 만들어 놓은 것 같은데. 두 계단씩 한꺼번에 오르기도 하고 막 뛰어 내려가기도 하구. 내가 예전에 계단에서 장난치다가 아빠한테 혼나면서 들은 얘기인데, 아빠는 어른이 되어서도 계단을 한꺼번에 뛰어 내려오다가 발목을 크게 다쳤었데.

준 그래? 지금은 괜찮아 보이던데 그런 경험이 있었구나. 형아! 내가 예전에 누워만 있었을 때 너무 답답해서 뒤집기를 계속 반복했더니 결국 뒤집어 지던데. 제자리에 있는 것이 너무 힘들어 앞뒤로 기어 다니기 시작했고, 자꾸 넘어져서 엉덩이와 무릎이 많이 아팠지만 계속 걷다 보니 결국은 어느 순간부터 넘어지지 않고 걷게 되었어.

빈 맞지? 지금의 너처럼 자꾸 걷다보면 어느 순간 뛰고 싶어진다. 뛰기 시작하면 걷는 세상과는 완전 다른 세상이지. 바람이 내 몸을 스쳐지나가는 것을 느끼게 되는 순간 내 뒤를 따라 함께 달리는 것 같기도 하고, 가고 싶은 곳에 순식간에 갈수도 있게 된다. 엄마와 아빠가 아무리 나를 잡으려고 해도 잡지 못한다는 것을 알게 되면 정말 신나.

아는 것을 알고 있다면

준 누워 있을 때 뒤집는 것을 배우고 넘어지면서 걷는 것을 배우듯이, 뛰는 것도 이처럼 배우면 되는거데. 그렇게 하나씩 배워 가면 좋겠는데. 형아가 계속 뒤집고 넘어지는 나를 볼 때는 힘들어보였을지도 모르지만 이렇게 하나씩 차근차근 배워가니 솔직히 그리 힘들지는 않더라구. 오히려 넘어지면서 하나씩 배우니까 다시 넘어지지는 않더라구. 뭔가를 이루어가는 쾌감이 있었어. 형아는 안 그랬어?

빈 나도 그랬지. 사실 지금은 계단을 내 마음대로 오르고 내릴 수 있지만 나도 너와 같았거든. 한 계단씩 천천히 오르고 있는 나를 보는 아빠는 얼른 안고 순식간에 계단을 오르더라구. 그런데 어느 순간 엄마와 아빠가 나를 기다려주는 순간이 온 거야. '이쯤이면 엄마가 나를 안을 텐데' 라고 생각했었는데 뒤에서 묵묵히 지켜보며 천천히 나와 발걸음을 맞춰주고 있다는 사실을 알게 되었어. 그 순간 내 마음이 오히려 편해졌어. 뒤에 엄마가 든든하게 받쳐주며 함께 가고 있다고 생각하니까 온몸이 땀에 흠뻑 젖었어도 지치지 않고 계속 오를 수 있었어.

준 형아~ 나 태어 난지도 얼마 되지 않았고, 앞으로 배울 것이 얼마나 많은지도 잘 모르겠지만, 형아랑 내가 배워 온대로 배우려구. 엄마가 나를 낚아채서 계단을 오르는 그런 기분 느끼기 싫어서. 나에게 힘을 주며 항상 잘되기만을 응원해주는 누군가가 있다고 생각하며, 내 앞에 주어진 계단을 하나씩 오르는 것처럼 그렇게 나가볼까해.

빈 그럴까? 앞으로 하고 싶은 일이 있으면 서두르지 말고 하나씩 계단을 오르는 것처럼 해볼까? 분명히 우리와 발맞추며 함께 가고 있는 사람들이 있겠지. 이런 생각이 당장에는 많아 보이고 그렇게 높아 보였던 계단도 충분히 오를 수 있는 힘이 되었으니까. 그리고 항상 너 뒤에는 내가 함께 있어 줄 테니까 한 계단씩 한 계단씩 함께 발맞추며 올라가보자. 모든 계단을 금방 오를 수 있을 거야.

누워있을 때 뒤집기를 배웠던 것처럼, 넘어지면서 걷는 것을 배운 것처럼...아직 모르는 것이 훨씬 많은 세상이지만 계단을 한걸음 한걸음씩 오른다는 마음으로 빈이와 준이는 서로의 발을 맞추어 나갑니다.

《꿈은 뻥 차고 잡는 것》

행복한 여정을 향한 이번 도착지는 넓은 앞마당을 가지고 있네요. 준이는 얼른 편한 옷으로 갈아입고 아빠, 형아를 데리고 앞마당으로 나갑니다. 아빠 차에 항상 놓여있던 축구공을 살며시 가리키며 살짝 미소를 지어보입니다. 공차기 놀이를 하자고 하네요. 이렇게 준이의 철저한 계획대로 아빠는 공놀이에 지쳐 일찍 잠이 들고 두 형제는 공놀이에 대한 얘기를 나눕니다.

준 형아~! 근데 조금 전에 우리가 밖에서 공찰 때 형아 정말 잘 차던데. 어떻게 하면 그렇게 잘 차? 원래 잘 한 거야?

빈 그래? 내가 공 좀 차지. 원래 잘 했냐구? 원래 잘 하는 사람이
어디 있어? 다 연습을 해야지 연습을. 연습을 아주 많이 해야
나처럼 찰 수 있어.

준 그래? 나도 연습을 많이 하기 했는데. 공차기 연습도 많이 하
고 빨리 달리기 연습도 많이 했었는데. 연습 할 때는 잘 되었
었는데, 공을 차면서 빨리 달리기란 쉽지 않더라구. 공한테
걸려 넘어지기도 하고. 형아랑 아빠는 공을 멀리차고도 나보
다 빨리 다시 잡더라구. 근데 왜 공을 저 멀리 차고 달리는 거
야? 그러다가 공을 따라가지 못하면 어떻게 하려구? 형아보
다 공이 더 빨리 굴러갈 수도 있잖아.

빈 그건 그래. 내가 달리는 것보다 공이 더 빨리 갈 수도 있어.
나도 너만 할 때 그런 걱정 많이 했었거든. 공을 너무 세게 차
버리면 저 멀리 달아나서 다시는 공을 찾을 수 없을 것 같더
라구. 그래서 공을 살살 차거나 손에 들고 다녔었지. 아니면
발에 찰싹 붙여다녔구. 그랬더니 공을 차면서 빨리 달리지를
못하겠더라구.

준 형아도 그랬어? 내가 지금 딱 그렇게 하고 있는데. 공을 저

멀리 차고는 싶은데 공을 다시 못 잡을까봐 두려워. 저 공 아빠가 사준 공이거든. 나한테는 정말 소중한 선물이야. 아끼고 또 아끼면서 차고 싶거든.

빈 근데 자꾸 너처럼 그러면 공을 차면서 빨리 달릴 수가 없어. 공놀이도 할 수 없고 재미가 없어져버려. 골대에 숫 골인도 못하지. 축구공의 의미가 사라져 버려. 공은 차지 않고 가지고만 있으면 공이 아니거든.

준 그건 형아 말이 맞긴 한데. 그러다가 공이 사라져 버리면 어떻게 해? 저 구멍으로 빠져 버릴 수도 있잖아. 공이 너무 빨리 굴러가서 내가 못 잡으면 안 되잖아.

빈 공은 절대 너보다 빠르지 않아. 공은 니가 찬 거라서 너보다 빠를 수가 없어. 나도 처음에는 이런 사실을 몰랐었는데 아빠가 알려주더라구. 아빠가 차는 것을 자세히 봤지. 공이 절대로 아빠보다 빠르지는 않더라구. 처음에는 공이 빨리 가는 것처럼 보였지만 결국 힘차게 달려간 아빠가 그 공을 잡던데. 그때서야 나도 확신했지. 공을 멀리보내기 위해서는 일단 차놓고 그 다음 힘껏 달려야 한다는 사실을. 내가 찬 공은 반드시 내가 잡을 수 있다는 사실도.

준 공은 둥글게 생겨서 멀리 굴러갈 수도 있잖아. 형아나 아빠가 찬 공을 내가 따라가다 보니 너무 힘들던데. 멀리 차니까 쫓아가지도 못하겠고. 결국 놓쳐버렸어.

빈 그건 아빠와 내가 찬 공이라서 그런 거야. 아빠가 찬 공도 나는 못 쫓아가. 그런데 내가 찬 공은 내가 금방 쫓아가거든. 너도 니가 직접 찬 공은 금방 잡을 수 있을 거야.

준 그래? 나도 이제 공을 뻥 차고 뛰어야겠네. 공을 뻥 차지 않고 들고 있거나 가만히 있으니까 공은 어디에도 가지 않고 제자리에 머물러 있었어. 당연히 형아 골대까지 가지도 못하지. 형아는 공을 뻥 차고 힘껏 달려오니까 금방 내 골대 앞에 왔잖아.

빈 그래 맞아. 골대 앞에 오려면 공을 뻥 차고 뛰어야 해. 공을 가지고 오거나 차지 않고 계속 발밑에만 두면 절대로 여기까지 오지 못해. 골대까지 와서도 마찬가지야. 너 어떻게 하면 공놀이에서 이기는 줄 알아?

준 형. 나 아기 아니거든. 공도 많이 차봤고. 공을 형아 골대까지 차고 가서 저 골대 안으로 뻥 차서 넣으면 되잖아. 형아도 내 골대 안에 뻥 차고서는 이겼다고 기뻐했던 것 내가 다 봤거든.

빈 내 동생 준이! 공놀이 할 줄 아는구나? 내가 가르친 보람이 있다니까. 이제 공놀이 할 맛 나겠어. 지금까지는 니가 모르는 줄 알았지. 공을 가지고 제 자리에서 아무것도 안 하기에 모르는 줄 알았지.

준 흥, 그냥 어떻게 하면 아빠랑 형아처럼 상대방의 골대 앞에까지 빨리 갈 수 있을지 생각 중이었어. 나도 형아 골대까지 빨리 가서 골대에 넣고 싶었거든. 근데 지금까지는 잘 안 되더라구. 그래서 형아 한테 물어보는 거야!

빈 준아~! 야구 해봤어? 너 요즘 야구방망이 들고 다니던데.

준 응. 나 요즘 야구라는 놀이에 푹 빠져 있거든. 공차는 놀이도 재미있긴 한데 야구라는 놀이 정말 재미있는 것 같아. 아직 야구 방망이에 공을 맞추는 것이 쉽지 않지만 공을 딱 맞추는 순간 저 멀리 날아가니까 기분이 엄청 좋더라구. 근데 야구는 왜 물어?

빈 준아~! 야구공이 방망이에 맞지 않으면 어떻게 돼?

준 그야 공이 날아가지 않지. 방망이에 공이 맞아야지 공이 날아가지. 야구 방망이에 공이 정확히 맞아서 멀리 날아 갈 때 그 느낌 정말 좋아. 근데 형아 그건 왜 물어?

빈 그게 말이야. 축구랑 야구랑 똑같거든. 야구도 방망이로 공을 맞추어야 공이 멀리 날아가지? 축구도 공을 뻥 차야지 니가 원하는 곳에 갈 수 있어. 니가 원하는 곳은 내 골대인데, 공은 차지 않고 니 골대 앞에서만 서 있다면 여기까지 절대로 올 수 없지. 니가 여기까지 오고 싶으면 일단 공을 뻥 차야해. 그 리고 그 공을 향해 신나게 달려야 하구. 그렇게 하다보면 한 번 만에 오지는 못하더라도 결국은 여기에 도착하게 될 거야. 골대까지 와서 공을 차면 골대 안으로 쏙 빨려 들어가지. 그 기분 장난 아니다. 정말 좋아.

준 응! 알았어 형아! 이제 어떻게 하면 내가 원하는 곳까지 갈 수

있는지 알게 되었으니까 우리 공놀이 한 번 더 하자. 이번에
는 내가 꼭 이길 테니까 단단히 준비해. 골대 잘 지켜. 형아
골대 앞에 금방 도착해 있을 테니까.

빈이와 준이가 하는 공놀이는 막상막하의 대결이 이루어지
면서 어느덧 열기를 점점 더해갑니다. 상대방의 골대에 골을
넣기 위해서는 공을 뻥 차고 힘껏 뛰어야 하는 것처럼 원하는
꿈이 있으면 일단 뻥 차고 신나게 달려가면 된다는 사실을 알
게 된 빈이와 준이 형제. 그들이 앞으로 뻥 차고 뛰어갈 그 뭔
가가 벌써부터 궁금해지네요.

《아픔의 출발점에서 강인함의
도착점까지》

숙박지에 도착한 빈이 가족은 할아버지 집에서 가져온 감말
랭이를 꺼내 여기저기 돌아다니느라 배고픈 허기를 달래어
봅니다. 준이는 집에서나 여행지에서나 먹기만큼은 누구에
게도 뒤지지 않네요. 오물오물 잘게 씹어 먹는 음식사이로 살
짝 드러난 노란 빛깔의 두 치아를 본 엄마와 아빠는 준이와
함께 치과에 갈 생각을 하니 걱정부터 앞섭니다.

준　형아~! 나 치과치료 받으러 가야 하나봐. 며칠 전에 엄마가
　　살짝 얘기하더라구. 양치질을 제대로 안 해서 치과에 가야 한
　　다구. 예전에 양치질 안하던 나보고 엄마가 늘 하던 얘기가
　　정말이었어. 이빨이 나빠져서 가만히 놔두면 더 이상 맛있는

음식 못 먹는데. 맛있는 음식 못 먹는 것은 절대로 못 참을 것 같아. 그래서 이번에는 한번 가 보려구 해.

빈 너 괜찮겠어? 저번에 치과 갔을 때 울고불고 해서 아무 치료도 못하고 그냥 왔잖아! 너 치과 치료 엄청 무서워하던데. 나 빠진 이빨을 치료하긴 해야 하는데 형아가 은근히 걱정되네.

준 그 때는 아기 때지. 지금은 아니거든. 사실 이렇게 말하고도 약간 무섭긴 해. 근데 형아, 치과 치료 마치면 내가 좋아하는 장난감 사준대. 여기서 잠시 흔들렸거든. 근데 엄마가 또 다른 협상카드를 꺼내는데 나 이거 듣고 확실히 용기를 내었어.

빈 그래? 그게 뭐야? 장난감 사주는 것보다 더 좋은 거야? 뭔지 정말 궁금하네.

준 치과 치료 다 하고 나서 이빨이 건강해지면 힘이 엄청 쎄지고 강해진데. 힘이 강해지는 것만큼 좋은 것이 있을까? 힘이 강해지면 악당도 물리칠 수 있고 너무 좋잖아.

빈 그래? 치과 치료를 하면 정말 힘이 강해진데? 하기야 이빨이 건강해지면 맛있는 음식도 많이 먹을 수 있어서 강해지는 것은 맞는 것 같아.

준 그게 아니고 힘이 쎄져서 강해진다니까. 엄마가 분명히 말했어. 엄마가 나 치과 치료 시키려고 꾸며낸 얘기일까? 형아 생각은 어때?

빈 아니...그건 아닌데. 너가 그렇게 치과치료를 싫어하면서 강해진다는 엄마의 말에 선뜻 치과에 가자고 했다니까 좀 이상해서.

준 치과 치료 후에 정말 강해진다면 나 치과 치료 용감히 받을 수 있을 것 같아. 까짓 거 한번 받지 뭐. 강해진다는데...근데...별로 안 아프겠지?

빈 너 저번에 아랫배 수술할 때 아팠어? 작년에 수술했었잖아.

준 아니, 솔직히 처음에 엄마한테 수술한다는 얘기 들었을 때에는 엄청 무서웠거든. 뭐하는지는 잘 몰랐는데 병원 가는 것 자체가 무서웠어. 근데 그때도 엄마가 말하기를 수술하고 나면 더 건강해져서 엄청나게 힘이 강해진다고 했었거든. 수술하고 나서 며칠 동안은 힘이 없었는데 점점 강해지는 거야. 건강해진 것 같기도 하고.

빈 그래? 진짜 맞는가봐. 아프고 나면 강해진다는 그 말. 나도 어렸을 적에 기침도 하고 병원도 가고 해서 힘들었었는데 낫고 나니까 더 신나게 놀 수 있는 힘이 생겼어. 달리기도 더 빨라지고 그 다음부터는 감기에도 잘 안 걸리더라구. 만화영화를 보더라도 강한 악당에게 당한 주인공이 치료를 받고 나으니까 더 강해져서 결국은 악당을 물리치는 장면이 많이 나오거든.

준 형아~! 그러면 이번에도 엄마 말이 맞겠지? 치과치료 하고나면 강해진다는 말. 맞는 것 같긴 한데 혹시나 해서 형아한테 물어 보는 거야. 형아가 나보다 더 오래 살았고 엄마 랑도 더 오래 있었잖아.

빈 맞을 거야! 아니 맞아! 지금까지 내 경험으로 보아 아프고 나면 다시 건강해지고 더 강해져 있더라구. 너도 아랫배 수술하고 나서 더 강해진 것 같고. 이번에도 치과 치료 잘 하고 나면 분명히 엄마말대로 엄청나게 강해져 있을 테니까 너무 무서워하지 말고 용감하게 치과 치료 받고 오도록 해. 너의 곁에는 엄마와 아빠, 그리고 멋진 형아가 있잖아!

준 그래 고마워. 형아 말 들으니까 치과 치료 하나도 안 무서워졌어. 더 강해져 있는 내가 벌써부터 기대되는 걸. 그런 나를 어서 보고 싶다. 치과치료 기다리지 말고 엄마한테 당장 가자 그럴까?

아픈 치료를 받아 본 후 더 강해짐을 느낀 빈이와 준이는 이번에도 아픔 뒤에 강해진다는 엄마의 말을 믿습니다. 아프고 치료받는 것이 결코 두렵지 않은 단 하나의 이유, 지금보다 더 강해진다는 것. 이것 하나면 어떠한 아픔이라 하더라도 극복하기에 충분한 듯 합니다. 형아 와의 대화를 통해 용기를 얻은 준이는 아프고 난 후 더 강해져 있는 자신을 어서 만나고 싶어 엄마에게 달려갑니다. 지금 당장 치과에 가자고...

《넘어지는 순간보다 일어나는
순간에 집중하자》

이른 저녁을 먹고 난 빈이와 준이는 일찍 잠자리에 든 엄마를
확인하고 곧이어 씻으러 들어간 아빠를 뒤로 한 채 둘만의 얘
기를 나누기 시작합니다. 오늘따라 준이는 궁금한 점이 정말
많습니다. 가득한 궁금증 보따리를 형아에게 풀어놓습니다.

준 형아! 어제 여기 도착해서 엄마가 저녁식사 준비할 동안 형아
랑 아빠, 그리고 나는 밖에서 신나게 뛰어놀았잖아. 우리가
가지고 온 축구공으로 축구하면서. 정말 재미있었거든.

빈 그래 준아~ 그랬었지. 니가 뛸 수 있게 되니까 함께 공도 차
고 요즘 축구하는 것이 너무 재미있어. 그래서 우리가 여행갈

때 항상 축구공을 가지고 다니잖아!

준 근데 형아! 어제 신나게 뛰어다니면서 공을 차려고 했는데 생각만큼 잘 안되더라구. 공에 걸려 여러 번 넘어졌어. 공을 쫓아가다가 마음만 너무 앞서서 그런지 이리 저리 다리가 엇갈리기도 했고. 넘어지는 순간에 좀 아프더라구. 근데 공이 굴러가고 있는 것이 보이니까 넘어진 상태로 계속 있지는 못하겠더라구. 나도 모르게 벌떡 일어나서 다시 공을 향해 달리기 시작했지. 그랬더니 언제 어디서 어떻게 넘어졌는지 금방 잊게 되었어.

빈 그래? 너 정말 신나게 공을 찼구나. 너 어렸을 적에는 전혀 안 그랬었거든. 걷다가 넘어지면 아프다고 계속 울고 엄마랑 아빠가 널 안아 줄 때까지는 절대로 일어나지 않았었지. 엄마가 안아주고 나서야 울음을 그쳤어. 그 때 기억나?

준 어~ 기억나고 싶지 않은데 이상하게 기억나네. 왜 그렇게 울고 있었지? 정말 아파서 그랬는가봐! 아마 형아도 어렸을 적에는 그랬을 거야. 맞지?

빈 아마 나도 너랑 똑같았겠지. 그런데 어느 순간이 되니까 뛰다가 넘어져 상처가 났는데도 넘어지는 순간이 지나가니까 아프지 않더라구. 왜인지는 잘 모르겠지만 이전에는 넘어지면 아프다는 생각부터 먼저 한 것 같아. 실제로는 그리 아프지 않았는데도 말이야. 아마도 엄마랑 아빠가 내가 넘어졌다는 것을 알고 안아주기를 바라고 있었기 때문이 아닐까.

준 맞아. 실제로는 그리 아프지 않았었는데. 왠지 울어야 한다는 생각이 먼저 들었던 것 같아. 아프지 않아도 아프다고 울었지. 이렇게 자꾸 하다 보니 넘어지자마자 울기부터 시작했어. 어느 순간이 되니까 엄마랑 아빠도 더 이상 날 안아주지 않고 보고만 있었어. 아프지 않다는 것을 알았던 걸까?

빈 아마 알고 있었을 거야! 나도 그랬었거든. 엄마와 아빠가 안아주지 않고 보고만 있으니까 그만 울어야겠다는 생각도 들더라구. 그 때부터는 넘어져도 잘 안 울었어. 그냥 일어서고 나니 괜찮던데. 울지도 않고 일어나니까 엄마랑 아빠도 나에게 "최고!"라고 말하며 엄지손가락을 척~! 들어 주더라구. 오히려 기분이 완전 좋아졌지.

준 형아도 나랑 똑같네! 그냥 일어서고 나니 아무렇지도 않았어. 아프지도 않았고, 그다지 슬프지도 않았어. 엄마와 아빠도 오히려 칭찬해주고. 잘 했다고 더 안아 주더라구. 울었을 때 안아 줄 때보다, 울지 않고 일어섰을 때 잘 했다고 안아주니까 기분이 오히려 더 좋아졌어.

빈 맞아 맞아! 우린 언제나 넘어질 수 있어. 엄마와 아빠도 한 번씩 뭔가에 걸려서 넘어지는 것을 내가 봤거든. 근데 넘어진 상태로 울고 있지는 않았어. 울 필요는 없는 것 같아. 이제 운다고 안아주는 사람도 없잖아. 안아주기만을 바란다면 최대한 빨리 일어나는 것이 가장 좋더라구. 그냥 툭툭 털고 일어나니 칭찬을 받아서 기분도 좋던데. 이제 나는 넘어졌을 때 얼른 일어나. 예전에는 넘어지는 순간에 '어떻게 울까?' 부터 생각했었는데 이제는 넘어지면 '어떻게 빨리 일어날까?' 부터 생각을 해. 빨리 일어나면 일어날수록 앞으로 더 뛰어갈 수도 있고 엄마와 아빠도 더 칭찬해 주니까.

준 형아~ 이런 경우 저번에도 있었다. 그 때는 정말 많이 넘어졌지. 근데 재밌었어.

빈 넘어지는 게 재밌었어? 언제 어디에서?

준 저번에 형아가 열이 나서 엄마랑 집에 있을 때 아빠랑 둘이서 키즈 카페 갔었거든. 거기에 '봉봉'이라는 놀이기구가 있는 거야? 아마 형아도 해봤을 거야! 노란색의 동그란 원위에 가만히 있기만 해도 자꾸 넘어져. 계속 뛰어야 넘어지지 않는데, 그렇지 않으면 자꾸 넘어지더라구. 약간 기울어진 부분도 있었는데 계속 올라가다보니 계속 넘어져. 근데 하나도 안 아파. 일어나서 또 뛰고, 또 넘어지면 또 일어나서 뛰고... 계속 넘어지는데도 정말 재미있었어.

빈 아~! 봉봉. 그거 나도 정말 재밌게 놀았어. 넘어지면 일어나고, 또 넘어지면 또 일어나고. 넘어지는 자체가 재미를 안겨주는 것 같았어. 넘어졌다고 계속 넘어진 상태에 있으니까 주위가 출렁 출렁거리고 일어나기가 더 힘들더라구. 넘어졌을 때의 반동으로 재빨리 일어나니까 한 번 만에 일어나던데. 이후로는 그냥 넘어지는 것도 재미있고 반동으로 일어나는 것도 재미있게 즐겼어.

준 맞아! 형아! 넘어졌을 때 아프다고 그대로 주저 앉아있거나

그냥 누군가가 안아주기만을 기다리면서 울고 있으면 더 아
픈 것 같아. 실제로는 그리 아프지 않은 대도 계속 울고 있으
니까 더 아프게 느껴졌어. 몸도 아프고, 아무도 안아주지 않
으니까 마음도 아프고.

빈 그래 맞아! 넘어졌을 때에는 아프든 안 아프든 얼른 일어나야
하는 것 같아. 그렇게 하니까 아픔은 어느새 잊어버리고 더
재미있게 놀 수 있었어. 칭찬 들어서 기분도 좋고. 어차피 언
젠가는 일어나야 하더라구. 이왕에 일어나야 된다면 최대한
빨리 일어나는 것이 가장 좋지 않을까? 조금이라도 덜 아프
게. 일어나서 다시 걷거나 달리다 보면 넘어졌을 때 났던 상
처와 아픔도 잊어버리게 되더라구.

넘어지는 순간에 집중하여 그대로 주저앉아 누군가가 안아
주기만을 기다리며 울다보면 그 아픔은 더 심해져 간다는 사
실을 알게 됩니다. 일어나는 순간에 집중하는 것만이 지나간
아픔을 가장 빨리 잊고 새롭게 달릴 수 있는 유일한 방법이라
는 깨달음을 얻었네요. 빈이와 준이는 내일도 아빠와 신나게
뛰어 노는 상상을 하며 엄마 옆 따뜻한 이불 속으로 들어갑니
다.

《끝에서 시작하다》

빈 준아~! 저기 형아 누나들이 왜 저렇게 몰려나오고 있는 줄 알아?

아침 일찍부터 대한민국이 떠들썩합니다. 오늘은 설과 추석의 대명절에 버금가는 대학수학능력시험을 있는 날입니다. 수험생이 있는 집뿐만 아니라, 시험을 치르는 고3 학생이 없는 집안을 포함한 온 나라가 긴장의 끈을 잡고 있습니다. 정도의 차이가 있을 뿐. 사회의 모든 흐름이 오늘만큼은 대학수학능력시험에 초점이 맞추어져 있습니다. 어느덧 긴장감 있는 오늘의 서막이 내려가고 있습니다. 대학수학능력시험을 끝내고 한꺼번에 몰려나오는 TV 장면에 준이는 의아한 시선을 감추지 못합니다.

준 아니, 근데 저 형아들이랑 누나들은 왜 저기서 한꺼번에 나오고 있어? 놀이공원 끝나서 한꺼번에 나오는 건가?

빈 그게 아니구, 나도 자세히는 몰라. 근데 어제 저녁에 엄마랑 아빠랑 하는 얘기 들었는데. 대학수학능력시험이라던가??? 대학교 가기 위해서 시험을 쳐야 한 대. 고등학교 때 '잘 배웠나' 하고 알아보는 시험이라네.

준 아 그렇구나. 그러면 고등학교 끝난 거야? 그래서 형아 누나들이 저렇게 밝은 얼굴 표정을 짓는거야? 내가 알기로는 고등학교에서 공부하는 것이 엄청 힘들다고 하던데.

빈 아마 그럴지도 모르. 힘든 고등학교 시절을 끝내는 시험을 봤다고 생각하니 얼굴이 밝을지도...근데 정말 이 시험이 끝나면 공부란 것 안해도 되는 건가?

준 고등학교 때, 공부한 것을 잘 배웠나 못 배웠나 알아보는 마지막 시험이 대학수학능력시험이니까 공부를 더 이상 안 해도 되는 것 같기도 하다. 그래서 형아랑 누나들 얼굴이 저렇게 밝구나.

빈 근데 공부를 끝내는 시험이라고 하기 에는 좀 이상해. 분명히 내가 듣기로는 원하는 대학교를 가기 위한 시험이라고 들었거든. 공부를 끝내는 시험이 아니라 대학교에 가서 진짜 원하는 공부를 하기 위한 시험이라고...

준 그래? 그렇다면 끝이 아니라 시작하는 시험이네. 자기가 진짜 원하는 공부를 하기 위해 시작하는 시험이구나.

빈 그런 것 같아. 계속 뭔가를 시작하는 것을 보면 세상에는 끝이란 없는 것 같아. 내가 어린이집 졸업하고 유치원에 다니기 시작했잖아. 어린이집 졸업식 할 때에는 뭔가 끝나는 느낌이 들었었는데, 유치원을 다니기 위한 시작이었어. 그 졸업식이.

준 졸업식이 시작하는 거라구? 형아 말대로 정말 그렇네. 졸업식은 끝나는 의미가 아니라 새로운 것을 다시 시작한다는 의미구나. 잠깐, 방금 생각난 건데. 저번에 형아 유치원 운동회 갔을 때 말이야. 마지막에 형아 친구들이 둥그런 운동장을 이

어서 달린 적 있었잖아.

빈 아~ 이어 달리기? 운동장 한 바퀴를 4명이서 나누어 이어 달리는 게임이 있었지. 근데 갑자기 그건 왜?

준 그 때도 처음에 출발한 사람이 달리다가 끝에 도달하면 다음 사람이 다시 달렸어. 난 처음에 달린 사람이 멈추기에 게임이 끝난 줄 알았거든. 이렇게 그 사람이 멈추고 다음사람이 달리고...어느새 운동장 도착점에 다시 도착했지. 이 게임에서는 분명히 한 사람이 자기가 달려야 하는 거리를 모두 달리면 누군가가 다시 달리기 시작했었어. 그렇게 하다보니 어느새 도착점에 도착할 수 있었어.

빈 아~ 너 말은 끝이 끝이 아니란 말이네. 끝이 나는가 하면 다시 시작되고, 또 다시 시작되고...

준 응 맞아. 세상에 끝이란 것은 없는 것 같아. 끝이라고 생각하는 순간은 또 다른 새로운 것이 시작하는 순간인 것 같아.

빈 너 말 듣고 보니까 저번 주에 아빠랑 산에 갔다 온 거 생각나네. 분명히 한참을 올라와서 정상이 보였거든. 정상에 도착해서 끝인 줄 알았는데...그 정상에 도착하니까 다시 내려가는 길 밖에 없는 거야. 다시 내려가니까 올라가는 길이 보이고... 이렇게 올라가니 내려가고 내려가니 올라가고... 영원히 산에서 집으로 못 내려오는 줄 알았다니까.

준 하하하~ 그랬었구나. 아빠 따라서 등산 안가길 잘 했네. 갔으면 형아처럼 엄청 힘들 뻔 했네.

빈 그래도 산에 올라가니까 기분은 정말 좋더라. 다음에 함께 가자. 그 때 느낀 건데. 힘들 때 끝이라고 생각하니까 더 힘들게 느껴졌어. 온 몸에서 힘이 쫙 빠지고. 정상이 끝이라 생각하며 올라왔는데 다시 내리막길이고, 곧이어 가야할 오르막길이 보이니 완전 지쳐버렸지. 정상에서 '지금부터 다시 시작이다.' 라고 생각하니까 오히려 힘이 나고 힘들지 않았어. 시작할 때에는 힘들지 않잖아.

준 끝이라고 생각하면 더 힘들고 시작이라고 생각하면 힘이 난다는 거지?

빈 응. 그림책에서 본 적이 있는데. 어떤 아저씨가 땅속에서 금광을 캐고 있었어. 근데 한참을 파고도 금광이 발견 안 되니까 여기가 끝이라 생각하고 포기하면서 되돌아간 거야. 한번만 더 파면 바로 금광을 발견할 수 있었는데 말이야. 금광은 아저씨가 끝이라고 생각한 그 지점 바로 앞에 있었거든.

준 아~ 아깝다. 한번만 더 파면 되는 건데. 근데 형아, 아저씨는 몰랐었잖아. 한번 만 더 파면 그렇게 애타게 찾던 금광이 있다는 것을. 형아는 그림책에서 보니까 알지.

빈 맞아. 아저씨는 당연히 몰랐겠지. 바로 앞에 금광이 숨겨져 있었다는 사실을.

준 그 아저씨뿐만 아니라 누가 파더라도 모르겠다. 벽을 뚫어서 볼 수 있는 것도 아니고. 그것을 파지 않고는 어떻게 알아? 아는 방법이 있어?

빈 물론 벽을 더 파지 않는다면 알 방법이 없어. 그런데 처음에 시작할 때부터 아는 방법은 있어.

준 처음부터 금광이 어디에 있는 줄 아는 방법이라구? 어떻게?

빈 우리는 이미 그 방법을 얘기 했었어. 이미 알고 있다구.

준 우리가 얘기 했었다구? 언제? 난 얘기한 적 없는데.

빈 '끝에서 시작하라'는 말 처음 들어봐? 끝이 끝이 아니라고 우리가 처음에 얘기했었는데. 대학수학능력시험도 공부의 끝이 아니라 진짜 원하는 공부를 하기 위한 시작이고, 어린이집 졸업식도 유치원을 시작하기 위한 것이지. 이어달리기도 첫 번째 주자가 끝나는 시점이 다음 주자가 달리기 시작하는 시작점이고 산 정상도 내려가기 위한 시작점이지.

준 아~ 금광을 캐는 아저씨도 여기가 끝이다 생각될 때 다시 시작하면 바로 앞의 금광을 발견할 수 있었을 것이라는 의미? 맞아?

빈 빙고. 우리 동생 준~! 완전 잘 안다. 그리고 여기에 하나 더 붙이면 처음에 시작할 때 끝을 미리 알고, 즉 '나는 반드시 금광을 발견했다.'라는 발견했을 순간을 미리 확신하고 금광을 파기 시작했다면 아마 중간에 포기하고 돌아오는 일은 없었을 것을. 이런 확신으로 출발한 사람은 금광을 발견하기 전까지는 절대로 끝이라고 생각하지 않거든.

준 이미 금광을 발견했다는 것을 확신하고 출발하라는 말이지? 그러면 발견하기 전까지는 결코 끝이 아니라고 생각할 것이고 발견할 때까지 계속 나아갈테니.

빈 이제 알겠지? 너 그림 그리기 시작할 때 무엇부터 생각해? 그냥 막 그리는 것은 아닐테고.

준 그림 그릴 때? '어떤 그림을 그릴까?' 부터 생각하지. 머릿속에서 그리고 싶은 것이 떠오르면 떠 오른 대로 그려나가지.

빈 그렇지? 머리에 완성된 그림을 먼저 떠 올리고 그 다음에 그려나가지. 그렇지 않은 상태에서 그리기 시작하면 너가 무슨 그림을 그리고 싶어 했는지도 모르고 원했던 그림을 그릴 수도 없겠지. 금광도 발견했을 경우를 머릿속에 먼저 떠 올리고 파기 시작해야지 원했던 금광을 발견할 수 있는 거야.

준 가만히 생각해보니... 우리 가족이 여행을 떠날 때에도 목적
지를 먼저 정하고 출발했었어. 여행 떠나기 전에 함께 모여서
어디를 가서 무엇을 볼지 정했던 것 기억나?

빈 당연히 기억하지. 목적지에 이미 도착했다고 생각하고 출발
을 했었지. 그래서 이렇게 빨리 도착한 거구. 아마 미리 도착
지를 생각하지 않고 출발했다면 여기 도착하는데 한참 걸렸
을 거야. 아니다, 도착 못했을 수도 있겠다. 여기가 어딘지 모
를 테니까.

준 형아~! 뭐든 하고 싶거나, 가고 싶거나, 얻고 싶은 것이 있으
면 이미 했다고, 이미 갔다고, 이미 얻었다고 생각하고 시작
해야 하나봐. 그래야 포기하지 않고 원하는 것을 얻을 때까지
계속 나아갈 수 있는 것이고.

빈 '끝에서 시작하라' 라는 말의 의미를 이제야 알겠어. 끝에서
시작하면 원하는 곳이 어디인 줄 알기에 포기하지 않고 도착
할 수 있어. 끝을 이미 아니까.

준 좋아. 이제 무엇이든 시작할 때 끝을 먼저 알고 시작해야겠

어. 끝으로 가서 거기서부터 시작해야겠다. 그러면 포기하지 않고 반드시 끝이 아닌 끝에 도착할 수 있겠지.

세상에 끝이라고 생각했던 모든 상황들이 실제로는 새로운 시작의 의미가 담겨져 있음을 알아갑니다. 끝을 알지 못하고 끝에서 시작하지 않으면 결국 원하는 목적지에 도착하지 못하고 중간에 포기해버린다는 삶의 지혜를 하나씩 깨달아가네요. 끝에서 시작할 때 새로움이 시작되고, 원하는 목적지가 명확해짐을 작은 경험을 통해 익혀나갑니다.

언제 어디서나 놀이터로 삼아
맘껏 신나하는 그들에게서 행복을
진정으로 만들어가는 지혜로움을 배웁니다.
새로움에 반응하는 그들의 표정에서
배움의 즐거움을 깨닫습니다.